Vorwort

„Achtung! Russen kommen!", warnten die deutschen Medien in den 90er Jahren vor neuer Flüchtlingswelle, als die UdSSR zerfiel. Achtung! Wir sind da! Vor 20 Jahren landeten meine Frau und ich im Düsseldorfer Flughafen mit zwei Rucksäcken, zwei Taschen und einer Gitarre. Heute haben wir zwei Kinder - Gymnasiasten, einen schwarzen Kater, fühlen uns hier wohl und sind Deutschland sehr dankbar dafür.

Obwohl der Weg zum Wohlfühlen schwer war, verlor ich meine Neugier zu diesem Land nie. Ich habe immer mein kleines Notizbuch dabei, das ich seit unseren ersten Tagen in Deutschland führe. So entstanden diese Kritzeleien. Ich hoffe, sie sind humorvoll und unterhaltsam. Oder?

Kleingedrucktes

Alle guten Dinge sind drei. Deswegen ist das bereits mein drittes Buch, die ersten zwei habe ich weggelassen.

AF139676

Mit Urteil vom 12. Mai 1998 hat das Landgericht Hamburg entschieden, dass man durch die Ausbringung eines Links die Inhalte der gelinkten Seiten ggf. mit zu verantworten hat. Dies kann nur dadurch verhindert werden, dass man sich ausdrücklich von diesem Inhalt distanziert.

Das oben geschriebene Urteil gilt zwar für die Internetseiten, aber sicherheitshalber distanziere ich mich von allen diesen Geschichten. Diese Geschichten sind frei erfunden. Alle Namen, handelnden Personen und Orte entstanden mit Hilfe der Fantasie des Autors. Jede Ähnlichkeit mit real lebenden oder toten Personen, Ereignissen oder Schauplätzen wäre ein Irrtum und reiner Zufall.

Ankunft

Das Flugzeug landet im Düsseldorfer Flughafen. Oder vielleicht doch direkt im Aufnahmelager für Flüchtlinge? Es ist schwer zu sagen. Der Landungsort sieht sehr komisch aus. Überall stehen die großen und kleinen Zelte. Dazwischen fahren die Dienstautos und landen die Flugzeuge. Sehr komisch. Irgendwie habe ich mir den modernen westlichen Flughafen anders vorgestellt. Wahrscheinlich hatte Karl Marx Recht - der Kapitalismus verfault irreversibel, und wir sind die ersten Zeugen dafür. Vielleicht hätten wir doch lieber zu Hause bleiben sollen? Mit diesem verzweifelten Gefühl steigen wir aus dem Flugzeug und gehen zum Bus, der uns zur Gepäckausgabe bringen soll.

Ich stehe im Bus und lese die Infotafel. Ich lese sehr langsam von links nach rechts, dann noch langsamer von rechts nach links und trotzdem verstehe ich kein einziges Wort auf Deutsch. Traurig. Sehr traurig. Gott sei Dank, gibt es die Information auch auf Englisch.

„Hier hat's gebrannt!", sage ich zu meiner Frau.

„Ja. Im April 1996", antwortet sie, „und zwar ziemlich stark".

„Woher weißt du das? Du spricht Deutsch noch schlechter als ich."

„Ich habe auf Französisch gelesen."

Erstaunlich, aber wah[...] [s]ei können Russisch, Englisch, Französis[ch un]d laut meinem Abiturzeugnis auch gu[t Deutsc]h. Aber anscheinend nicht gut genug. W[ir müss]en schnell unsere Deutschkenntnisse verbessern, und das wird ein hartes Stück Arbeit.

Inzwischen hält der Bus vor einem großen Zelt. Gepäckausgabe und Passkontrolle. Ich bin aufgeregt. Ist das ein Grenzübergang? Ja, das stimmt. Das ist der Grenzübergang zum Westen. Der grauhaarige Zollbeamte schaut mich präzise an.

„Ausweis", sagt freundlich der Zollbeamte.

Ich lächle zurück. Ich bin sehr aufgeregt. Ich werde jetzt die Staatsgrenze übertreten. Wow!

„Ausweis", wiederholt er.

„Aus St.Petersburg!", antworte ich fröhlich und möchte vorbei gehen.

Der Beamte hält mich aber an, seufzt tief und sagt auf Russisch mit dem deutschen Akzent: „Ihr Pass, bitte!"

Ich denke, wir müssen noch schneller unsere Deutschkenntnisse verbessern.

Das pünktliche Wetter

Wir sind seit kurzer Zeit in Deutschland, aber stehen bereits unter dem tiefen Kulturschock. Er heißt Pünktlichkeit. Die Züge sind bis auf die Minute genau, die Straßenbahnen und sogar die Busse. Alles läuft wie ein geschmierter Mechanismus.

Ich hatte darüber von meiner Deutschlehrerin gehört, als ich noch ein Student war. Sie machte ein Sprachpraktikum in Deutschland und brachte diese erstaunliche Erkenntnis mit ihr nach Russland zurück.

Damals glaubte ich meiner Deutschlehrerin nicht. Der Verkehr kann nicht pünktlich sein, weil das einfach nicht möglich ist. Das funktionierte nie in der Sowjetunion mit der besten Planwirtschaft der Welt. Warum sollte das bitte schön in Deutschland funktionieren, wo das Chaos des Kapitalismus herrschte? Ich weiß bis heute nicht, wie das möglich ist, aber irgendwie geht das. Das ist einfach ein deutsches Wunder.

Die allgemeine Pünktlichkeit fasziniert und deprimiert mich gleichzeitig. Kommt man eine Minute später zur Haltestelle, und der Bus ist bereits weg. Zwei minütige Verspätung zu einem Termin ist eine Beleidigung. Fünf minütige Verspätung ist ein Motiv für die Blutrache. Wie schaffen bloß die Deutschen immer pünktlich zu sein? Ich nehme meinen Hut ab. Ich bin davon fasziniert, aber es ist für mich unbegreiflich. Ich denke, die Deutschen können einfach nicht, unpünktlich sein. Auch wenn sie das stark wollen. Das geht einfach nicht. Das liegt definitiv irgendwo tief in ihrer Natur. Ja. Bestimmt liegt das in der Natur, und die Krönung dieser Pünktlichkeit gehört auch der Natur.

Der Winter war ungewöhnlich kalt in diesem Jahr. Der Frost hielt bis Ende Februar. Aber pünktlich am 1. März, also laut dem Kalender am ersten Tag des Frühlings, stieg die Temperatur fast auf +20 °C und brachte das Hochwasser mit. Wir spazierten am Rheinufer entlang und wiederholten zum X-ten Mal:

„Typisch Deutsch. Sogar der Frühling kommt hierher pünktlich!"

In der letzten Zeit hat die Pünktlichkeit überall ein bisschen nachgelassen, auch beim Wetter, aber das ist eine andere Geschichte, und ich lasse sie in Ruhe, ich will nicht pingelig sein. Ich versuche selbst pünktlich zu sein. Und es klappt sogar. Ab und zu.

Sprachkurs

Der Sprachkurs vom Arbeitsamt ist zu Ende. In der Zwischenzeit haben wir uns auch mit einem Haufen verschiedener Anträge gegen die deutschen Beamten durchgesetzt. So viele Papiere und Formulare auf einmal habe ich noch nie im Leben ausgefüllt. Es hat sich aber gelohnt. Wir besitzen jetzt unbefristete Arbeitserlaubnisse und die offiziellen Anerkennungen unserer Diplome. Es fehlt nur der Job.

Ich bewerbe mich als Taucher, Bademeister, Übersetzer, freier Journalist. Leider ohne Erfolg. Es kommen nur Absagen und keine einzige Einladung zum Vorstellungsgespräch. Ich gebe nicht auf, lasse den Kopf nicht hängen und nutze die Zeit, um meine Deutschkenntnisse weiter zu verbessern.

Weil es halt keine Grenze für die Verbesserung gibt. Alles ist relativ, wie der große Albert Einstein sagte.

Deutsch zu verbessern in unserer Situation ist leichter gesagt als getan. Wir wohnen in einem Wohnheim, wo alle Mitbewohner unsere russischsprachigen Landsleute aus der ehemaligen Sowjetunion sind. Logisch, dass die Möglichkeiten Deutsch zu sprechen gleich null ist. Als Kommunikationsmittel zur deutschen Kultur bleibt nur der Fernseher übrig.

Ich gucke verschiedene Sendungen ununterbrochen, verstehe aber nur die erotischen Filme und ab und zu die Werbung. Glücklicherweise wird die Werbung sehr oft wiederholt. Die erotischen Filme nach gewissen Zeitabständen auch. Das hilft gewaltig. In Kürze kenne ich sehr viele blöde Slogans und weiß alle Stöhnen der schwarzen Emmanuelle auswendig.

Nachdem ich mein Deutschverständnis auf diese Art und Weise stark verbessert habe und alle Liebesszenen gelernt habe, wechsele ich zu den anderen Sendungen. Ich bin sehr positiv überrascht, dass ich mehr und mehr davon verstehe. Ich überlege mir, ob ich diese Methode als eine neue Sprachenlernenmethode patentieren soll. Es wäre auch eine gute Geschäftsidee. Mir fehlt nur momentan das Geld. Vielleicht, wenn ich einen Sponsor finde, drehe ich irgendwann mal später eine erfolgreiche Seifenoper als Sprachkurs für Ausländer „Das Abc im Bett".

Also, mein starker Willen zur Integration bringt mich zum Erfolg. Ich besuche einen Sprachkurs für Naturwissenschaftler und Ingenieure. Neben den Deutschkenntnissen verbessere ich auch meine Programmierkenntnisse. Am Ende dieses Sprachkurses finde ich ein Betriebspraktikum bei einer Softwarefirma und werde nach dem Praktikum als Softwareentwickler übernommen.

Ab Morgen beginnt mein Berufsleben in Deutschland.

Fußball und die weibliche Intuition

Gestern war meine erste Mitarbeiterbesprechung. Der Chef betonte mehrmals: „Wir müssen ständig am Ball bleiben." Ich habe zwar nicht verstanden, was er gemeint hat, aber nickte wie alle anderen auch.

Wahrscheinlich geht es um Fußball. Bestimmt geht es um Fußball. Deutschland ist immer nach dieser Sportart verrückt, und es findet bald die Fußballweltmeisterschaft in Frankreich statt. Es fiebert bereits überall: im TV, in den Medien, auf den Straßen und bei uns in der Firma. Der Chef hat außerdem ein paar Mal über das Wembley-Tor etwas gesagt und hat mich dabei starr angeguckt. Also ist mein Chef auch wahrscheinlich nach dem Fußball verrückt.

Ich weiß aber nicht, wie ich Fußball und das Programmieren verbinden soll. Und dieses blöde Wembley-Tor belastet meine Gedanken stark. Das passierte vor meiner Geburt, und angeblich war der sowjetische Schiedsrichter daran schuld, weil er zur falschen Toranerkennung beigetragen hatte. Das soll seine Rache dafür gewesen sein, dass die deutsche Fußballmannschaft im Halbfinale die UdSSR geschlagen hat. Oh wie schade! Hätten die Deutschen im Halbfinale die UdSSR nicht geschlagen, hätten sie dann im Finale gegen England bestimmt gewonnen, weil dann das Wembley-Tor vom Schiedsrichter nicht gegeben worden wäre.

Die Lösung, wie ich Fußball und das Programmieren verbinden soll, ist doch einfach. Meine Arbeitskollegen richten einen Totalisator ein. Ich werde mitspielen, bleibe somit meiner Meinung nach am Ball und kann dabei weiter ungestört programmieren.

Gesagt, getan. Alles läuft nach diesem Plan. Morgen werde ich die Ergebnisse der Programmierung dem Chef präsentieren.

Die Vorstellung hat geklappt. Der Kunde ist begeistert. Der Chef ist zufrieden. Übermorgen am Sonntag ist das große Finale. Frankreich spielt gegen Brasilien. Meine Frau meint, Frankreich wird der Weltmeister. Ich habe sie ausgelacht. Sie hat wirklich keine Ahnung von Fußball.

Das Fußballfest ist vorbei. Komischerweise war die unbegründete weibliche Intuition zusammen mit Zinédine Zidane und Co. stärker als meine ausgeprägten mehrjährigen Fußballkenntnisse zusammen mit Fußball-Künstlern von der Copa Cabana. Frankreich hat mit 3:0 gegen Brasilien gewonnen.

Na ja, was soll ich dazu sagen? Jetzt respektiere ich meine Frau noch mehr.

Ein Übersetzungsfehler

Der Erste Mai ist im Kalender als ein gesetzlicher Feiertag markiert. In Russland gehen die Leute auf die Demonstrationen, so wie wir früher auch. In Deutschland nutzen die Leute diesen Tag sinnvoller, zum Beispiel zum Entspannen und zum Tanken von neuer Lebensenergie. Die Rechten kämpfen gegen die Linken, die Linken kämpfen gegen die Rechten, die Polizei kämpft gegen beide und die anderen Bürger kämpfen beim Grillen gegen Würstchen. Jeder erholt sich auf seine persönliche Weise, nur bei mir klappt es mit dem Feiern-Erholen-Entspannen irgendwie nicht. Entweder habe ich an diesem Tag Dienst, oder ich nutze diesen Feiertag zum Renovieren unseres alten Hauses.

Und wenn ich am nächsten Tag gefragt werde, was ich am Feiertag gemacht hatte, antworte ich immer: „Im Kalender wird der Erste Mai als Tag der Arbeit bezeichnet. Deswegen habe ich gearbeitet." Die Leute machen große Augen und schauen mich mit Mitleid an. „Armer Ausländer", denken sie, „er sieht intelligent aus, aber er kann keinen Feiertag vom Arbeitstag unterscheiden."

Übrigens ich habe das alles sarkastisch gemeint.

Akzent

OK, nehmen wir an ich kann keinen Feiertag vom Arbeitstag unterscheiden. Also, bin ich von Beherrschen der deutschen Sprache immer noch weit, weit entfernt, obwohl ich Deutsch bereits in der Schule gelernt hatte, und laut meinem Abiturzeugnis kann ich Deutsch besser als Russisch. Aber das ist nicht das Problem. Ich werde mich noch bemühen und ich werde meine Deutschkenntnisse noch verbessern. Schließlich mag ich lernen. Aber mein Akzent…

Meinen russischen Akzent kann ich nicht los werden. Ich würde gern ohne Akzent Deutsch,

Englisch und andere Sprachen sprechen. Aber das schaffe ich leider nicht. Das ist nicht so einfach, ohne Akzent zu sprechen. Was auch, denke ich mir, verständlich ist.

Außerdem werde ich oft gefragt, auf welcher Sprache ich denke. Ich habe lange überlegt und habe folgendes festgestellt. Wenn ich Russisch spreche oder schreibe, dann denke ich Russisch. Aber, wenn ich Deutsch spreche oder schreibe, dann denke ich auch Deutsch. Und was ich dabei interessant finde, ich spreche in meinen tiefen Gedanken auf Deutsch fließend, ohne Fehler und ohne jeglichen Akzent. So gut bin ich. Und das ist einfach ein Wunder.

Mathematische Poesie

Ich habe die Probezeit bestanden. Der Chef hat mich heute zu sich gerufen und hat das persönlich mitgeteilt. Meine Probezeit ist sogar gekürzt worden. Ehrlich gesagt, ich habe damit nicht gerechnet, dass mein Praktikum dabei mitgezählt wird. Ich bin jetzt im siebten Himmel. Im Paradies. Ich meine es ernst. Ich finde meinen Arbeitsplatz einfach toll. Es gibt ein Dach über den Kopf, drin ist es warm und gemütlich, man hat jede Menge Kaffee umsonst, mit Milch und Zucker oder auch ohne, und die Arbeit mach auch Spaß. Und als Kirsche obendrauf kommt am Ende des Monats die Belohung aufs Konto.

In Russland kurz vor der Auswanderung nach Deutschland jobbte ich an vier Stellen gleichzeitig. Nach dem Hochschulabschluss fing ich als Ingenieur im Forschungsinstitut für Arktis und Antarktis an. Es war interessant und spannend für einen jungen Spezialisten wie mich. Aber es war auch ein kleiner Haken dabei. Mein Gehalt reichte nicht mal für eine Monatsfahrkarte und ich fand noch zusätzlich eine Stelle als Reinigungskraft. Eine Reinigungskraft mit Hochschulabschluss kommt im Westen wahrscheinlich nicht so oft vor. Im Osten damals aber schon. Aber egal. Für zwei frühere Stunden täglich, außer am Wochenende, verdiente ich zehnmal so viel als Ingenieur. Dazu machte ich auch eine Vertretung für meinen Kumpel als Nachtwächter in einer Schule. Außerdem schrieb ich als freier Journalist für verschiedene Zeitungen und Zeitschriften. Dieser Job machte mir am meisten Spaß.

Gerade jetzt muss ich leider mit dem Schreiben nach der Auswanderung aufhören, um mich aufs Deutsch lernen zu konzentrieren. Gerade mit dem Schreiben kann ich leider aber nicht aufhören und fange an, auf Deutsch zu schreiben. Es ist traurig und grausam, was meine Feder aufs Papier bringt. Ich versuche auf Deutsch zu denken, aber alle meine Gedanken sind so kurz, dass ich mich dafür schämen muss.

Und plötzlich schlug bei mir ein Geistesblitz ein. Ich studierte Ozeanologie und mein Schwerpunkt war die mathematische Modellierung. Also kannte ich mich mit den Zahlen und Ziffern gut aus. Außerdem mochte ich auch die Poesie. Und so komme ich auf eine Idee beides miteinander zu verbinden, weil die Zahlen und Ziffern in Russisch und in Deutsch, Gott sein Dank, gleich sind. Das Ergebnis-Gedicht nenne ich „Mathematische Poesie".

13, 20, 31   *dreizehn, zwanzig, einunddreißig*

40, 60, 6 x 3,   *vierzig, sechzig, sechs mal drei*

73, 46   *dreiundsiebzig, sechsundvierzig*

5 + 80, 102   *fünf plus achtzig, hundertzwei*

Ist das etwa nicht die moderne Kunst?

Die große Oktobersexualrevolution

Also habe ich Schluss mit meiner journalistischen Vergangenheit gemacht und bin Softwareentwickler geworden. Es ist aber schwierig auf einmal komplett Schluss mit den Dingen zu machen, die wirklich interessant sind, und so konnte ich auch in mir das Interesse zur Presse und Literatur nicht komplett vernichten. Deswegen gehe ich fröhlich mit meiner Frau zum wöchentlichen Einkauf in den Supermarkt. Dort verstecke ich mich für eine kurze Zeit zwischen den Zeitschriftenregalen und informiere mich über die Neuigkeiten in der Welt.

Oft lese ich nur die Überschriften der Sportmagazine. Für etwas anderes habe ich keine Zeit. Außerdem stehen neben den Sportmagazinen die Erotikzeitschriften, die meine Konzentration beeinflussen und das Lesen der Sportnachrichten erschweren. Warum die Magazine so verteilt sind, kann ich leider nicht sagen. Anscheinend gehört die

Erotik zu einer der wichtigsten Sportarten in Deutschland. Schließlich wird dort auch entweder zu zweit oder in Mannschaften gespielt und man schwitzt dabei enorm. Diese Sportart kenne ich aber nicht. „Es gab keinen Sex im Sozialismus", hat in seinem Buch der Schriftsteller Wladimir Kaminer geschrieben, und ich kann ihm voll zustimmen.

Anfang der 90-er Jahre hatte ich selbst in einer sowjetischen TV-Sendung gesehen, die live in die USA übertragen wurde, wie eine Frau ins Gesicht dem amerikanischen Publikum stolz spuckte: „Wir haben gar keinen Sex!" Seitdem, wenn ich das Wort „Sex" höre, erinnere ich mich an einen alten Witz: Es läuft eine Diavorlesung „Sex und Liebe in der sowjetischen Gesellschaft". Der Lektor sagt: „Die Liebe in der sowjetischen Gesellschaft kann man grob vier Gruppen zuordnen. Zur ersten Gruppe gehört die Liebe eines Mannes zu einer Frau oder umgekehrt. Das ist ganz normale Liebe, jeder kennt sie oder hat sie sogar bereits erlebt. Deswegen braucht man dazu keine Dias zu sehen. Zur zweiten und dritten Gruppe gehört die Liebe der Homosexuellen und Lesben. Aber nach dem Sieg der Großen Sozialistischen Oktoberrevolution gibt es in der UdSSR keine Homosexuellen und Lesben mehr. Aus diesen Gründen gibt es auch hier keine Dias. Zur letzten, aber der wichtigsten Gruppe der Liebe in der sowjetischen Gesellschaft gehört die große Liebe zum Vaterland. Und jetzt werden die Dias vorgezeigt..."

Opfer der Demokratie

Diese große Liebe zum Vaterland mussten wir auch öffentlich beweisen. Zum Beispiel durch die Teilnahme an einer Demonstration. Als ich noch ein Schüler war, hatten wir keine Chance dieser Teilnahme zu entkommen. Wir waren gezwungen, freiwillig mit den roten Fahnen zum Hauptplatz der Stadt zu gehen und dort die sinnlosen Parolen zu rufen. Das hieß die totalitäre Demokratie der UdSSR. Sie war schlimm, aber nicht schlimm genug. Nach der Perestroika mutierte die totalitäre Demokratie zum totalitären Kapitalismus, von dem man nur flüchten konnte. Was wir auch getan haben.

Ganz anders ist aber die Situation in Deutschland. Der Wind der Freiheit weht in Karl Marx's Heimat überall, und das Wort „Demokratie" wird in Großbuchstaben geschrieben. Wie übrigens alle andere Substantive auch. Und ich will selbstverständlich diesen Wind schnuppern und will auch schließlich wirklich politisch freiwillig aktiv sein. Ich will etwas bewegen. Ich will auch mitmachen. Ich will mich als ein wichtiges Glied des demokratischen Mechanismus spüren. Und eines Tages passierte es endlich.

Ich war in der Stadt. Irgendwo in der Bibliothek oder so. Unwichtig. Aber gerade an diesem Tag haben die Gewerkschaften eine Protestdemonstration in der Stadtmitte organisiert. Irgendeine Protestdemonstration. Wahrscheinlich gegen Regierungskurs. Oder gegen Atomkraft. Also, gegen Etwas. Egal. Ich war aber dafür. Und ich dachte auch, ich muss jetzt unbedingt hin. Man muss nicht still dafür allein sein. Man muss dafür demokratisch kämpfen. Darum habe ich mich fest überzeugt und bin Richtung Stadtmitte gegangen. Dorthin, wo eine blecherne Stimme über Megaphon zu hören war. Dorthin, wo der Kampf für die Demokratie stattfand. Nach 50 Metern sah ich bereits von weitem die T-Shirts der Kämpfer, obwohl bis zum Schauplatz nach meiner Schätzung noch ein Stück zu laufen war. Als ich näher kam, sah ich auch überall die ersten Opfer des Kampfes. Besoffen und kotzend zwischen den leeren Bierkästen liegend. Seitdem bin ich politisch inaktiv.

Stolz

Eigentlich bin ich stolz, ein Russe zu sein. Wenigstens steht das in meiner Geburtsurkunde. Ich meine, dort steht nicht, dass ich stolz bin, sondern, dass ich ein Russe bin. Komischerweise bin ich besonders stolz darauf geworden, nachdem ich Russland verlassen hatte. Passiert halt. Ich lebte, lebte, kämpfte ums Überleben, machte mir keine Gedanken, wer ich bin und woher ich komme, und plötzlich verließ ich meinen Geburtsort mit allen täglichen Problemen, zog nach Deutschland um und bin sofort stolz geworden, dass ich ein Russe bin. Es ist bequem, wenn der Magen voll ist, weit

weit weg von Russland auf seine Nationalität stolz zu sein. Und Gründe dazu hatte ich genug.

Erstens, wir waren die Ersten im Weltall. Zweitens, wir hatten und haben immer noch das weltberühmteste Ballett, Eiskunstläufer und Eishockeyspieler. Also, ich bin einfach stolz geworden, dass ich ein Russe bin. Zwar, ohne Heimat mehr und ohne Lust zurückzukehren, aber egal. Ich bin stolz geworden. Und ich war lange Zeit darauf stolz und wäre wahrscheinlich noch länger stolz geblieben, aber eines Tages ging ich aufs Klo. In Prinzip gab es daran nichts besonderes. Täglich gehen alle Lebewesen mehrmals aufs Klo. Das ist ja ganz normal. Aber ich habe meinen damaligen Klobesuch bis heute nicht vergessen. Ich erinnere mich zwar nicht daran, wo das war. Das ist unwichtig. Ich weiß nur, das war eine öffentliche Toilette. Wichtig war, was ich dort sah. Es gibt nichts zum Lachen. In dieser öffentlichen Toilette hing an der Wand ein Hinweisschild auf Russisch: „Spülen nicht vergessen!"

Seitdem versuche ich täglich die Klischees über Russen zu demolieren. Wie gut ich damit vorankomme, weiß ich nicht. Aber ich bin immer noch stolz, ein Russe zu sein, weil wir - Russen - die Technologie in Deutschland vorantreiben. In vielen öffentlichen Toiletten sind bereits automatische WC-Spüler installiert worden.

Wodka connects people

Manche denken, dass die Russen viel trinken und sich schlecht in Deutschland integrieren. Das stimmt meiner Meinung nicht. Oder anders gesagt, die Russen trinken nicht viel, sondern benutzen den Wodka gemäß ihren Gewohnheiten als Integrations- und Kommunikationsmittel. Das ist zwar kein Hightech-Produkt, aber es ist günstig und wirksam.

Winter. Die Bahnhofsuhr zeigt 6:45. Es ist kalt und dunkel. Im Warteraum auf dem Bahnsteig sitzen drei Männer. Zwei Russen und ein Deutscher. Die Russen versuchen zu kommunizieren. Als der Botschafter und der Helfer beim Aufbau der Freundschaftsbrücke dient „Gorbatschow". Sein Volumen ist 0,5 Liter. Das sollte für den Anfang

reichen. Im Notfall können später „Rachmaninoff",
„Puschkin" oder „Jelzin" aus dem Lild helfen.

Bereits nach den magischen Worten „bloß ein
Schluck" können die Russen die Sprachblockade
überwinden. Nach dem zweiten „kleinen Schluck"
können sie gleich fast fließend Deutsch und sogar
auch ein bisschen Englisch sprechen. Somit ist
leider das Meeting zu Ende, weil der Deutsche
selbst kaum mehr sprechen kann. Er erreichte die
sogenannte Wodka-Kommunikationsgrenze und
fällt wie ein reifer Apfel zu Boden. Der Aufbau der
Freundschaft ist gescheitert.

Sind die Russen daran schuld? Nein, nein und noch
einmal NEIN. Daran ist nur allein der Hersteller
schuld, weil er über die Nebenwirkungen des
Produkts die Verbraucher nicht informierte. Von
dem Hinweis auf der Flasche fehlt jede Spur. So
was in der Art wie „Saufen kann tödlich sein" oder
„Der übermäßige Verzehr kann zur Übelkeit
führen". Ich mache keine Witze, auch beim Saufen
muss Ordnung sein!

Alien

Manchmal denke ich mir, ich bin ein Alien. Ein Außerirdischer. Also, nicht von dieser Welt. Woher dann? Ich weiß nicht. Vielleicht vom Mond gefallen. Warum denke ich so? Ganz einfach. Wenn ich in der Stadt spazieren gehe, dann schauen mich verschiedene Menschen von den Werbungsplakaten an. Sie sind so groß und so hübsch, sie sind so schön und so toll, dass ich mich schäme, weil ich so klein neben diesen Plakaten bin und mit ihnen keine Ähnlichkeit habe. Ich bin einfach nichts Besonderes. Aber alle diese Leute sind etwas Besonderes oder haben etwas Besonderes.

Einige haben zum Beispiel für sich einen neuen Telefontarif entdeckt, der ihr Leben so positiv verändert hat, dass ich nur davon träumen kann. Die Anderen haben einfach gelebt und plötzlich haben sie für sich ein Superprodukt (Auto, Gummibärchen, Bonbons, Waschpulver, Spülmittel, Kondome u.s.w.) entdeckt, das ihr Leben superpositiv verändert hat. Und das alles wollen diese Leute von den Werbungsplakaten überall mitteilen und weitersagen, damit überall das Leben superpositiv verändert wird. Und sie werden das sicher gern tun. Es kostet schließlich nur eine Kleinigkeit und das Superprodukt wird das Leben super verändern.

Und ich gehe an allen diesen Werbungsplakaten entlang und starre auf alle diese schönen, hübschen, sportlichen, schlanken und lächelnden Leute. Ich gehe und starre. Ich bin sprachlos. Ich bin begeistert von diesen Leuten, und ich schäme mich, weil ich so unschön und so uncool bin. Aber nach einer gewissen Zeit habe ich endlich Mut gefunden, diese fantastischen Leute anzusprechen. Aber sie antworten nichts. Sie sagen nichts. Sie verstehen meine Probleme nicht, sie verstehen mich einfach nicht. Wahrscheinlich deswegen, weil ich ein Alien bin, weil ich die Sprache dieser modernen Leute nicht beherrsche. Weil ich ein Außerirdischer von einem anderen Planeten bin. Vom Mond gefallen. Aber das ist mir Wurscht! Ich werde irgendwie mit meinem alten Telefontarif überleben können. Und schon geht es mir gleich viel, viel besser.

Freistaat Bayern

Über jedes Land gibt es Unmengen an Klischees. Über Deutschland gibt es sie selbstverständlich auch. Vor allem Bier, Würstchen und Lederhosen gelten als typisch deutsch. Norddeutschland ärgert sich natürlich über das Lederhosenklischee, die nur im Süden getragen werden, aber was soll das? Das ist eben ein Klischee, und deswegen denkt die ganze Welt, dass auch Seemänner Lederhosen tragen. Liebe Seemänner, nehmt bitte mein persönliches Beileid dafür.

Wir hatten auch unsere eigenen Klischees über Deutschland. Zum Beispiel, dass in Deutschland und vor allem in Bayern die kalten und unfreundlichen Menschen wohnen. Und das war gar nicht ohne Grund.

Ein Jahr später nach unserer Auswanderung kamen auch meine Schwiegereltern nach Deutschland. Sie wurden in der Nähe von Würzburg circa 300 Kilometer süd-östlich von uns untergebracht. Die Entfernung war auf jedem Fall kleiner als in der ehemaligen UdSSR, wo wir in verschiedenen Staaten wohnten, ohne Chancen zusammenzuziehen, aber immer noch größer als ein Katzensprung, was für die Beziehung „Großeltern-Eltern-Enkelkinder" gar nicht passte. Wir warteten nicht lange, stiegen in unser kleines Auto und fuhren von Leverkusen in Richtung Bayern, um meine Schwiegereltern zu besuchen.

Seitdem sind wir noch viele Male die A3 hin und zurückgefahren, aber die erste Fahrt vergesse ich nie. Während dieser Fahrt fuhren wir durch Rheinland-Pfalz und Hessen und entdeckten Deutschland, soweit Deutschland von der Autobahn aus überhaupt entdeckt werden kann. An der Landesgrenze zu Rheinland-Pfalz sahen wir erst das Schild „Willkommen in Rheinland-Pfalz" und dann später „Auf Wiedersehen in Rheinland-Pfalz". An der Landesgrenze zu Hessen sahen wir auch erst das Schild „Willkommen in Hessen" und dann auch später „Auf Wiedersehen in Hessen". Und nur an der Landesgrenze zu Bayern stand bloß das riesige Schild „Freistaat Bayern". Es war weder „Hallo" noch „Willkommen" zu sehen. Wir fühlten uns sofort irgendwie unwohl und wollten umkehren, aber wir mussten meine Schwiegereltern retten, die bestimmt in diesem Freistaat festgehalten wurden. So fuhren wir mutig weiter.

Inzwischen wohnen wir selbst seit 10 Jahren in Nürnberg und stellten fest, dass viele Leute in Deutschland und auch in Bayern doch nett sind. Zum Beispiel, unsere Nachbarn. Und was die bayerische Sprache oder den bayerischen Dialekt betrifft, so kommen wir irgendwie zu Recht, dass man anstatt „Guten Tag" „Grüß Gott" sagt oder, dass man in den Bäckereien die Croissants „Bamberger" und die Berliner „Krapfen" nennt. Also, Servus Deutschland! Gell?

Good Bye, Köln

Die Statistik weiß alles. Sie weiß auch, wie viele Arbeitslose es in Deutschland gib. Und es ist definitiv besser einen Job zu haben, als gar keinen. Aber der Job ist nicht immer ein Traumjob. Besonders, wenn der Job eine große unendliche Dienstreise ist. Man fährt zum Beispiel sonntags abends nach Hamburg und freitags spät abends todmüde kommt man zurück. Zu Hause wartet die

Frau, die auch bereits todmüde ist, weil sie auf zwei Babys aufpassen muss. Und man pendelt so eine Woche nach der anderen. Aber nach drei Monaten Pendeln ist die Arbeitsmotivation im Eimer und man muss etwas tun. Was aber? Was muss man tun? Vielleicht erst mit dem Chef darüber zu reden? Er ist auch ein Mensch. Er wird bestimmt alles verstehen.

Und man spricht mit dem Chef. Höfflich und konstruktiv. Also, anstatt: „Ich mache das nicht mehr, Du Blödmann!" Sagt man: „Es gibt einige Gründe, die mir die Erledigung dieser Aufgaben unmöglich machen." Und der Chef ist sehr intelligent und höflich. Er versteht sofort alles, was man ihm sagt. Und er antwortet auch präzise. Also, anstatt: „Entweder machst Du weiter oder Du fliegst raus!" Sagt er: „Das ist eine Herausforderung für Dich."

Also, das Gespräch ist sehr konstruktiv, und man lernt viel daraus. Vor allem nie wieder so etwas zu tun. Und man sucht einfach einen neuen Job zum Beispiel irgendwo in Nürnberg, wo die Schwiegereltern die Unterstützung bieten können.

Und man findet auch einen. Übrigens nicht schlechter als in Köln. Sogar besser. Das ist sozusagen ein Gottesgeschenk oder eine Belohung, weil die normale vollständige gesunde Familie wichtiger als die Karriere ist.

Man lädt einen kleinen Transporter wie im Tetris-Spiel dicht mit den Sachen auf und man fährt Richtung Nürnberg. Und als auf der Autobahn wieder das Schild „Freistaat Bayern" zu sehen ist, fühlt man sich irgendwie befreit und man denkt: „Danke Chef, dass Du mich damals eingestellt hast, aber jetzt - Good Bye, Köln!"

Ein halbes Jahr später trifft man plötzlich den alten Chef in Nürnberg im Bürogebäude. Er grinst. Aber anstatt: „Was machst Du denn hier? Toiletten putzen?" Sagt er: „Wie geht es denn?" Und man sagt ihm einfach: „Ich bin immer noch der Softwareentwickler. Wir sind Oracle und Microsoft Partner und wir haben genug Aufträge." Der Chef grinst nicht mehr. Er dreht sich weg und geht. Man trifft ihn nie wieder.

Ich habe mich verlaufen

Kaum sind wir nach Nürnberg umgezogen, schon habe ich mich in der Umgebung verlaufen. Ich bin mit dem Bus bis zum Ende der Welt oder genauer gesagt bis zum Ende der Stadt zu einer Fotoausstellung gefahren und hatte keinen Stadtplan dabei. Bloß eine Adresse. Der Bußfahrer konnte mir auch nicht wirklich helfen. Er war selbst neu auf der Strecke. Und so bin ich in einem gottverlassenen Kaff ausgestiegen, das angeblich noch ein Stadtteil von Nürnberg war.

Es war dunkel etwa gegen 18:00 Uhr und es regnete ein wenig. Alle Rollos an den Fenstern waren schon runter und keine Seele war weit und breit zu sehen. Ich stand blöd an der Haltestelle und wusste nicht, was ich machen sollte. Ich wusste nicht, wohin ich gehen sollte und keiner konnte mir den Weg zeigen. Mir blieb nichts anderes übrig, als zurück nach Hause zu fahren. Aber das war auch leichter gesagt als getan, weil der nächste und auch der letzte Bus erst in einer Stunde kommen sollte.

Plötzlich taucht aus der Dunkelheit ein Phantom auf und geht auf mich zu. Es hat das männliche Geschlecht, weil es, bestimmt seit mehreren Tagen, unrasiert ist. Anders gesagt, er hat ein Bart. Frauen haben keine Bärte. Nicht das ich wüsste. Außerdem ist der Mann doppelt so breit wie ich und bestimmt einen Kopf größer als ich. Sein Gesicht sieht überhaupt nicht freundlich aus und er geht direkt auf mich zu. Ich will mich in Luft auflösen. Ich kneife die Augen zu und wünsche mir, ich hätte verschwinden können. Ich kann aber nicht. Ich bin wie versteinert. Mittlerweile steht der Riese bereits direkt von mir und starrt mich feindlich an. „Jetzt passiert etwas schreckliches", denke ich mir.

„Hey Alter, hast du 'ne Kippe?", fragt der Man. Er riecht stark nach Alkohol und wackelt ein wenig. Ich schlucke die Spucke hinunter und stottere irgendwas zurück. „Kannst du nicht g'scheit sprech'n? Oder wat?", fragt der Mann mich wieder. Ich atme tief aus und sage ehrlich, dass ich seinen fränkischen Dialekt nicht verstehe. Schließlich habe ich immer nur Hochdeutsch gelernt. Das ist ein Schlag unter die Gürtellinie. Der Mann schaut mich voller Mitleid an und sagt nichts. In seiner stark alkoholisierten Augen sehe ich nur eine tiefe Enttäuschung. Er dachte bestimmt, er hat endlich einen richtigen Ansprechpartner in dieser späten Stunde auf der Straße getroffen. Aber er hat nur einen wertlosen Ausländer getroffen. Der Mann staunt mich noch eine Weile voller Mitleid an und fragt mich dann, was ich hier überhaupt mache. Als er erfährt, dass ich eine Adresse suche, gestikuliere er, dass ich ihm folgen sollte. Ich gehe ihm nach und in zwei Minuten stehen wir vor dem Ausstellungsgebäude. Aus Dankbarkeit gebe ich ihm meine fast leere Schachtel mit selbstgemachten Zigaretten. Er umarmt mich fest und verschwindet schnell und wortlos in der Nacht. Ich stehe noch eine Weile auf der Straße, gucke ihm nach und denke: „Es wäre bestimmt hilfreich in der Zukunft a weng g'scheit Deutsch sprechen zu können."

Hier gilt die MdW
A weng g'scheit Deutsch sprechen zu können, ist auch nicht so einfach. Deutsche Sprache – schwere

Sprache. Aber besonders schwer fallen mir die Abkürzungen. Und es gibt so viele. Alle diese CDU, SPD, ARD, ZDF und so weiter. Sie hören für mich wie KGB an und sind überall. Man kann sie nicht übersehen. Das macht mir Angst und mein Kopf raucht auch deswegen.

Man geht, zum Beispiel, einfach zum Einkaufen. Nicht weit weg. Einfach zu einem Supermarkt um die Ecke. Und das erste, was man sieht, ist ein Schild auf dem Parkplatz „Hier gilt die StVO". Vier Worte, drei davon sind je vier Buchstaben und ein von denen ist eine verdammte Abkürzung. Wahnsinn. Das ist ein Schreck für die Ausländer. Wer oder was ist aber diese StVO, weiß der Neuling normalerweise nicht. Die Erfahrung kommt irgendwann mal später. Oft nach dem Unfall.

Aber besonders schwierig ist in der IT-Branche. Dort gibt es meiner Meinung nach gar keine Wörter, nur die Abkürzungen. Neulich hat mich mein Internet-Provider angerufen und hat mir einen neuen DSL-Vertrag angeboten. Mit allen tollen TCP, IP, HTTPs und URLs. Ich konnte nur Bahnhof verstehen, obwohl ich selbst aus der IT-Welt bin.

Ich hörte eine Weile sein Fachchinesisch mit einem Ohr zu, ohne Chance etwas dazwischen einfügen zu können, und als er mich endlich fragte, was ich davon halte, sagte ich deutlich und ohne Zögern: „MdW*", und legte schnell den Hörer auf.

MdW – Mir doch Wurst

Taschenrechner

Meiner Meinung nach behaupten die Deutschen selbst, sie hätten sehr gutes Humorgefühl. Die Nachbarländer haben dazu ganz andere Meinung. Daraus folgt, statistisch gesehen, dass die Deutschen eine sehr ausgewogene Nation sind, die die Witze macht und auch die Scherze versteht. Ab und zu ist es wirklich lustig, was im Büro oder am Arbeitsplatz abläuft. Wenn es nicht lustig ist, dann nennt man so was „Mobbing". Ich hatte, Gott sei Dank, dieses Problem nie, aber einmal habe ich zeigen müssen, dass die Russen auch ein Humorgefühl haben.

Ich kann mich nicht mehr daran erinnern, was das für ein Tag war. Auch das Wetter und sogar die

Jahreszeit habe ich vergessen. Es war irgendein Tag, an dem das Deutschland einen Staatsbesuch aus Russland hatte. Der Grund war unwichtig. So etwas unter dem Motto „Die neue Pipeline „Freundschaft" für Deutschland oder Gazprom gewinnt immer". Und als ich am nächsten Tag komischerweise später als gewöhnlich in der Firma aufkreuzte, hörte ich aus allen Ecken: „Achtung! Der Russe kommt. Vladi, wo ist dein Kalaschnikow?"

„Was für ein Kalaschnikow?"

„Sturmgewehr, Handfeuerwaffe, Maschinenpistole. Jeder Russe hat so einen. Oder?"

„Ah, so. Für mich ist das gar kein Sturmgewehr."

?

„Ich würde mal sagen, für mich ist das ein Taschenrechner."

???

„Das ist ein Taschenrechner für die endgültigen Berechnungen. Und übrigens noch was. Wir hatten bereits in der Schule die Grundlagen des

Militärdienstes gehabt. Ich war einer der Besten. Ich konnte Kalaschnikow in 18 Sekunden auseinandernehmen und in 22 Sekunden zusammenbauen."

Stillschweigen. Ruhe. Finita, la comedia, sozusagen. Vorhang. Zwar ohne Applaus, aber immerhin…

…seitdem haben wir Frieden im Büro.

Modernisierung des Taschenrechners

Also Kalaschnikow ist für die Russen ein Taschenrechner für die endgültigen Berechnungen. Wir sind stolz auf diese Erfindung, die bereits seit über 50 Jahren ohne große Änderungen existiert und erfolgreich in verschiedenen Ecken unseres Planeten als Friedensbotschafter arbeitet. Aber die Zeiten ändern sich und das Kalaschnikow muss auch modernisiert und an die moderne Zeit angepasst werden, wie ich in den russischen Medien gelesen habe. Traumhaft. Der neue Anfang für die alte Maschinenpistole. Ich würde gern meine eigenen Pläne für die Modernisierung vorschlagen.

Vielleicht werden sie interessant und ich marschiere dadurch als der neue Erfinder vom Kalashnikow in die Geschichte der Menschheit ein.

Also, erstens, Bluetooth. Ohne Bluetooth geht heute gar nichts mehr. Bluetooth macht aus jedem Sch…rott ein süßes Hightech-Bonbon.

Zweitens, Webkamera. Eine Webkamera gehört heute fast zur Grundausstattung eines Gerätes. Man kann dann mit dem Kalaschnikow auch die Fotos schießen. Oder die ganze Schießerei im HDMI Format aufnehmen.

Drittens, Präsenz beim Facebook. Und vielleicht auch beim Twitter. Weil es heutzutage ohne Aktivitäten in den sozialen Netzwerken keinen Erfolg im Business mehr gibt. Und beim Betätigen des Abzuges wird automatisch ein Event „gefällt mir" ausgelöst.

Außerdem, ein GPS-Empfänger wäre auch sehr praktisch. Falls die Munition ausgeht, werden die Koordinaten per Knopfdruck an den nächsten Händler übertragen. Er liefert dann sofort die notwendigen Patronen nach oder stellt sie wenigstens zum Download bereit.

Diese Vorschläge könnten sehr praktisch sein und ich werde mich nicht wundern, wenn sie angenommen werden und bald der russische Präsident mit dem freien muskulösen Oberkörper für das neue Kalaschnikow wirbt.

Leselust

Irgendwo im Knoblauchsland zwischen den deutschen Kartoffelfeldern bin ich mit dem Bus unterwegs höre ich das laute Flüstern hinter meinem Rücken:

„Scheiß man!"

„Was ist?"

„Er hat es!"

„Was denn?!"

„iPad"

„Wer?"

„Der da."

„Das ist kein iPad. Das ist ein billiger eBook Reader."

„H-ä-ä-ä? Was?"

„eBook Reader. So ein Ding zum Lesen."

„Lesen? Das ist ja voll langweilig."

„Vor allem ist er einfach billig."

„Sag' ich doch. Aber iPad ist voll krass."

„Ja. Aber teuer."

„Ja. Sag' ich auch. Aber man kann drauf spielen, Filme gucken und Musik hören. Das ist voll geil. Man kann damit voll gescheit angeben. Wenn du es hast, dann bist du ein König. Und du kommst vor allem sehr gut bei Mädels an. Aber dieser eBook Reader... Das ist blöd. Lesen ist voll langweilig und blöd..."

Ich stecke meinen billigen eBook Reader weg, merke mir den Dialog und steige aus dem Bus aus. Vielleicht schreibe ich irgendwann ein Buch, das nicht langweilig wird.

Hauptnahrungsprodukt

Das Bier ist mit großem Abstand das wichtigste Grundnahrungsmittel in Deutschland. Das ist kein Klischee. Es ist einfach so. Man kann sich das Land ohne Bier gar nicht vorstellen. Ja. Das ist kein Witz. Es stimmt wirklich. Die Anzahl der Brauereien ist grenzenlos. Also, unbegrenzt oder unzählbar so zusagen. Wahrscheinlich ist die Anzahl der Brauereien genau so groß oder kaum kleiner als die Anzahl der Fußballfelder. In Bayern ist es bestimmt so. Weil Fußball und Bier für eine gesunde ausgeglichene deutsche Gesellschaft lebenswichtig sind und einfach zusammen gehören. Am Samstag bei den Bundesliga Spielen steigt der Bierkonsum enorm. Danach arbeiten die Kläranlagen mit voller Kraft. Und wenn die Nationalmannschaft spielt, sind die Straßen genauso leer wie die Regale in den Getränkemärkten.

Ich kenne mich jedoch mit dem Bier nicht aus. Ich mag es einfach nicht. Vielleicht ab und zu ein Gläschen zum Trinken, aber sonst nicht. Dagegen mögen es alle unsere Freunde und Bekannten. Sie sind überall in der Welt von Russland bis Amerika verstreut, kennen den Ruhm von deutschem Bier und wenn sie zu uns zu Besuch kommen, wollen sie unbedingt das deutsche Bier probieren. Was auch verständlich ist. Möglichst draußen. Entweder irgendwo in einem typischen deutschen Biergarten oder in einem typischen deutschen Gasthaus oder in einer typischen deutschen Kneipe. Und das tun wir auch normalerweise.

Wir steigen ins Auto und suchen nach einem typischen deutschen Ort, wo nach den Lederhosen gerochen wird und wo das gute Bier serviert wird. Aber egal wohin wir gehen, egal, was für ein Gasthaus oder eine Kneipe wir besuchen, man findet dort immer irgendein Bier aus der Hausbrauerei, das angeblich die beste Qualität in der ganzen Region hat, und es wurde sogar bereits vom Kaiser oder wenigstens vom Kanzler getrunken. Wir übersetzen das unseren Gästen. Sie sind begeistert und bestellen Massenweise ohne zu zögern. Und das Bier? Das Bier schmeckt. Das Bier schmeckt wie ein Bier. Wie ich bereits sagte, ich kenne mich mit dem Bier nicht aus. Tut mir leid.

Sonnenbrille

Mehrere Jahre davor, als ich noch jung und wild war, anders gesagt, kurz nach der Umbenennung Leningrads wieder in St. Petersburg, hatte ich eine coole spiegelnde Sonnenbrille à la Terminator. Ich war sehr stolz darauf, weil die Brille mich zum echten Macho machte. So dachte ich mir wenigstens. Leider hatte ich nicht viele Gelegenheiten um diese Brille tragen zu können. In St. Petersburg ist es oft regnerisch und nur die echten Angeber oder Verrückten können bei offensichtlichem Schmuddelwetter die Sonnenbrille tragen. Ich gehörte nicht zu denjenigen, wollte nicht als Blinde Kuh gegen einen Laternenpfahl laufen und ließ deswegen meine Sonnenbrille oft zu Hause, wo sie auch blieb, als wir nach Deutschland auswanderten.

In Deutschland brauchte ich erst auch keine Sonnenbrille, da ich ganz andere Sorgen hatte. Und nur ein paar Jahre später schenkte mir meine Frau eine. Nach kurzer Zeit entdeckte ich viele neue Vorteile, die mir die Sonnenbrille brachte.

Besonders nützlich ist die Sonnenbrille, wenn ich mit meiner Frau ausgehe. Wenn wir uns im Straßenkaffee oder im Biergarten gegenüber sitzen, brauche ich keine Brille. Ich schaue direkt in die schönen dunklen Augen meiner Liebsten. Aber, wenn wir zum Beispiel im Freibad oder am Strand sind, kann ich die Sonnenbrille sehr gut gebrauchen. Man kann unauffällig die anderen Leute, vor allem die Frauen sehr gut beobachten. Man nimmt einfach ein Buch in die Hand, die Augen werden dabei hinter den dunklen Gläsern versteckt und man guckt vorsichtig rechts oder links. Man findet eine junge Dame in der Nähe mit einer schönen Figur und man freut sich deswegen. Man freut sich einfach für sie, weil sie noch viel Schönes im Leben vor sich hat und jemandem das Glück und die Liebe bringt. Und in diesem Moment dreht plötzlich die Diva ihr Gesicht in meine Richtung und ich mache sofort die Augen zu, weil meine Enttäuschung zu groß ist. Im Mundwinkel hängt locker eine Zigarette, in der Hand ist eine Flasche Bier (selten eine Limonadenflasche) und im Gesicht sind die ersten Falten.

Die Enttäuschung ist riesig, aber dank der Sonnenbrille, bleibt mein Gesichtsausdruck unverändert. Ah, wie einzigartig, wundervoll, klug und weise meine Frau ist, weil sie mir diese tolle und praktische Sonnenbrille schenkte.

Herbst

Ich hasse den Herbst. Oder eben nicht. Der September ist noch OK. Der Oktober geht auch noch einigermaßen. Aber der November... Ich hasse den November. Ja. Das stimmt. Ich hasse den November. Er deprimiert mich.

Ich gehe aus dem Haus, wenn es noch dunkel ist. Und ich komme nach Hause, wenn es bereits dunkel ist. Ich sehe die Sonne nur aus dem Bürofenster oder mal am Wochenende. Aber eher selten, weil es ständig regnet. Und bis zu Weihnachten – dem kleinen Trost in der kalten dunklen Zeit – ist es eine Ewigkeit. Und bis zum Frühling ist es noch mehr als eine Ewigkeit. Eine Ewigkeit hoch zwei. Und deswegen hasse ich diese Zeit und den November besonders. Außerdem sind die Sommerklamotten längst in den Schränken bis zum nächsten Jahr weggepackt. Es sind nur die Hemden, Pullover und Regenjacken übrig geblieben. Und ich hasse alle diese Klamotten. Ich mag T-Shirts und kurze Hosen. Ich hasse, wenn ich dick angezogen bin. Man kann kaum die Hände bewegen. Aber ich muss fast täglich die Regenjacke anziehen, weil es ständig regnet.

Und ich ziehe natürlich ungern diese blöde Regenjacke an. Ich ziehe sie an und gucke dann in den Spiegel. Oh! Wie blöd sehe ich aus. Ich stecke die Hände in die Taschen. Das sieht noch blöder aus. Aber plötzlich spüre ich etwas. Ein Stück Papier. Nein. Das ist nicht bloß irgendein Stück Papier. Das ist ein gefalteter Geldschein. Vom letzten Jahr natürlich. Nicht viel, aber immerhin ein Geldschein. Und noch etwas. Ein Hustenbonbon. Ein Hustenbonbon mit Multivitaminen und schönen Erinnerungen vom letzten Jahr. Und mir geht es deswegen wirklich schon viel besser.

Ich denke dann, dass man bloß den November überstehen muss, weil dann die Adventszeit kommt. Mit Lebkuchen und Glühwein. Und danach kommen Weihnachten und Silvester. Und nach

Weihnachten wird der Tag länger und die Nacht kürzer. Und bis dahin schaffe ich es irgendwie. Na freilich schaffe ich es! Wie im letzten Jahr! Ich denke daran, stecke den Geldschein wieder in die Tasche und lege mir das Hustenbonbon in den Mund. Mir ist es egal, dass dieses Bonbon vom letzten Jahr ist. Ich lutsche es und es schmeckt mir. Es schmeckt immer noch. Das ist bloß eine Kleinigkeit, aber mir geht es danach doch viel, viel besser.

Ich habe keine Zeit

Ich bin eines Tages aufgewacht und stellte fest: „Ich habe keine Zeit." Ich habe gar keine Zeit. Ich habe EINFACH keine Zeit.

Ich will Deutsch perfekt sprechen. Und Englisch. Und Französisch. Und Italienisch. Und andere Sprachen auch. Aber ich habe keine Zeit zum Lernen. Ich habe EINFACH keine Zeit dafür.

Und ich will auch eine Weltreise machen. Aber ich habe keine Zeit. Auch wenn ich das Geld hätte. Ich habe EINFACH keine Zeit dafür.

Es wäre auch schön, mehr Sport zu treiben. Bodybuilding zum Beispiel. Damit ich Muskeln wie Schwarzenegger hätte. Aber ich habe keine Zeit für Fitness. Ich habe EINFACH keine Zeit dafür.

Ich will mich auch gut allgemein bilden. Oder wenigsten das Lexikon von A bis Z durchlesen. Keine Zeit. Überhaupt keine Zeit. Ich will viel Wissen, aber ich habe keine Zeit zum Lernen. Ich habe EINFACH keine Zeit dafür.

Und es wäre noch schön, wenn ich ein Musikinstrument spielen könnte. Richtig spielen könnte. Wie ein Profi. So gut, dass ich die Anderen zum Stauen bringen könnte. Aber ich habe keine Zeit. Ich habe EINFACH keine Zeit dafür. Gar keine Zeit.

Ich will so viel machen, aber ich habe so wenig Zeit. Im Prinzip gar keine. Und jetzt auch nicht. Ich will jetzt schlafen, aber in einer Minute wird der Wecker klingeln. Und ich hab bloß eine Minute zum Schlafen, aber das ist so wenig. Also, ich habe wieder keine Zeit. Ich habe bloß eine Minute, aber ich weiß nicht was ich damit machen soll. Ich weiß wirklich nicht, was ich mit dieser einer einzigen Minute machen soll. Aber plötzlich…

Plötzlich entscheide ich mich für etwas und drehe mich einfach um. Ich drehe mich zu meinem liebsten einzigen Menschen in dieser Welt um. Das ist meine Frau. Sie schläft tief, wie ein Kind. Aber ich drehe mit einfach um und küsse sie. Ich küsse sie auf den Mund bis der Wecker klingelt. Und dann noch ein Weile. Trotz dieses Kusses schläft sie weiter, aber sie lächelt schon ein bisschen. Und mir geht es gleich viel, viel besser. Ich habe dafür doch Zeit gefunden.

Anti-Stress-Mittel

Stress, Stress, Stress. Es gibt ihn überall in unseren schweren Zeiten. Man fängt damit im Kindergarten an und geht das ganze Leben Hand in Hand mit. In der Schule, in der Familie, im Beruf, bis dass der Tod uns scheidet. Es ist schwierig den Stress zu bekämpfen. Ich dachte, es gibt nur begrenzte Anzahl von Anti-Stress-Mittel: Saufen, Amoklaufen und Burnout, aber meine Arbeitskollegen haben mir empfohlen ein Hobby zu finden. Jeder anständige Bürger hat ein Hobby. Fahrradfahren, Joggen oder im Notfall den Nachbarn ausspionieren. Anders gesagt, das Gehirn soll sauber abgeschaltet und runtergefahren werden bevor es explodiert. Das ist aber leichter gesagt als getan. Manche Hobbies sind doch zu teuer oder absolut unbezahlbar. Zum Beispiel die Rennwagen sammeln. Für andere bin ich zu alt. Zum Beispiel Koma-Saufen. Und das macht gar kein Spaß.

Also steht man im Leben unter Druck, sucht nach einem passenden Hobby zum Abschalten, findet nichts und gerät deswegen noch mehr unter Druck. Man dreht sich wie im Kreis, und das Burnout ist vorprogrammiert. Aber durch das logische Denken kann man immer eine Lösung finden. Ich wollte ein bisschen Bewegung, etwas Neues und Abenteuerliches und die technische Hightech- Hilfe war auch nicht ausgeschlossen. Und so kam ich zum Geocaching.

Das ist eine moderne Art der Schnitzeljagd. Einige Leute verstecken irgendwo in der Welt Dosen mit einem Notizheftlein und kleinen netten Dingen oder auch ohne. Danach veröffentlichen sie die Koordinaten des Verstecks im Internet. Die anderen Leute merken sich die Koordinaten und nutzen spezielle Geräte, um diese Schätze zu finden. Die Verstecke gibt es überall. Man findet immer etwas Neues, und man kann damit auch die Kinder weg vom PC, dem Fernseher und den Videospielen locken. Das ist eben das wichtigste. Mit diesem Hobby wendet man sich nicht gegen eigene Familie. Und wenn auch meine Frau mich manchmal auf dem Handy wegen dieses Hobbys anruft und verärgert fragt: „Wo steckst Du denn? Wir sind alle am Tisch." Dann antworte ich mit sanfter Stimme: „Keine Sorge mein Schatz. Ich bin gleich bei Dir. Meine Koordinaten sind…"

Nikolaus, Weihnachtsmann und Christkind

Das Weihnachtsfest, denke ich mir, ist mit dem Abstand der wichtigste Feiertag in Deutschland. Und die Vorbereitung beginnt auch mit dem großen Abstand zum Feiertag. Bereits nach der Sommerurlaubszeit sind die Geschäfte mit den Weihnachtsgeschenkideen voll. Dazu zählen auch

Lebkuchen, Tannenbaumschmuck und Glühwein. Alle haben wieder Weihnachtsgeschenkesuchenkopfschmerzen wie vor einem Jahr, und das Land wird zu einem großen Irrenhaus. Deswegen ist es kein Wunder, dass die Anzahl der Selbstmorde in dieser Zeit rasant steigt. Und die Einsamkeit ist daran nicht schuld. Im Gegensatz, vermute ich, drehen die Leute durch, weil sie seit dem Kindergarten jedes Mal zum Jahresende in Stress geraten.

In unserem Nürnberger Vorort, wo wir nach dem Umzug landeten, gibt es zwei Kindergärten: einen evangelisch-lutherischen und einen katholischen. Wir meldeten die Kinder in beiden an und wurden im lutherischen Kindergarten aufgenommen. Bereits im Herbst spüren wir, dass Weihnachten bald kommt. Unser ältestes Kind – Tochter Valeria – bringt uns die frischen Neuigkeiten aus dem Kindergarten und bereitet uns auf den Besuch von Nikolaus, Weihnachtsmann und Christkind vor, die für die Lieferung der Geschenke in Deutschland im Dezember zuständig sind. Selbstverständlich übernehmen wir die Rolle von allen diesen Wesen und rennen im Stress durch die Kaufhäuser auf der Jagd nach Geschenken.

In dieser Zeit vermisse ich zum ersten Mal sehr unser altes gutes totalitäres System. Wir hatten nur einen einzigen Geschenklieferanten: den Opa Frost. Er kam am 31. Dezember in der Mitternacht und ließ die Geschenke unter dem Tannenbaum liegen. Unsere Eltern wussten nichts über irgendwelche komischen Nikoläuse, Weihnachtsmänner und das Christkind. Ich vermute, sie sind bloß Produkte der kapitalistischen Marketingstrategie, die die Leute nach dem Geschenkekaufen süchtig macht.

In der Zwischenzeit konnten wir unseren Kindern erklären, dass es nicht um die Geschenke geht. Wichtiger ist, dass vor mehr als 2000 Jahren der Messias geboren wurde und wir auf sein und unser Wohl in der kalten winterlichen Zeit Glühwein trinken können. Oder sind Sie anderer Meinung?

Adventskalender

Einerseits mag ich die Wahnsinnszeit vor dem Weihnachten nicht, anderseits mag ich diese Zeit doch. Als ich noch Kind war, wartete ich immer mit großer Aufregung auf die Ankunft des neuen Jahres, als ob das die Ankunft einer Märchenzeit sein würde. Im sozialistischen Staat der Bauern und Arbeiter hatten wir gar kein Weihnachten. Wir hatten nur Silvester zum Feiern. Das war unser Weihnachten mit dem Tannenbaum und mit den schönen Geschenken. Aber hier in Deutschland feiert man erst Weihnachten und dann noch das neue Jahr. Urlaubsmäßig gesehen finde ich das toll. Nicht urlaubsmäßig auch. Und auch, wenn das viel zu viel Getümmel bringt.

Es geht nicht um die Geschenke, wie ich bereits sagte. Es geht um die Stimmung. Mir gefallen die Weihnachtsmärkte mit dem Duft von Tannenbäumen, Lebkuchen, Zimt, gebratenen Mandeln und Glühwein. Meiner Meinung nach ist der Glühwein die beste Erfindung der Weihnachtszeit. Was kann noch besser schmecken, riechen und wirken als Glühwein? Besonders, wenn es draußen kalt ist. Der Vodka ist damit unvergleichbar und kann dem Glühwein keine Konkurrenz machen. Allein sein Spiritusgeruch kann sofort das Erbrechen auslösen. Aber nicht der Glühwein. Der Glühwein ist eine ganz ganz andere Sache. Als ich den Glühwein kennengelernt hatte, war ich sofort davon begeistert. Schon die vom Glühwein warme Tasse in der Hand macht viel aus. Sein Dampf bringt den Atem bei Ungeübten fast zum Stillstehen (ich habe selbst das mehrmals erlebt), und bereits der erste Schluck erwärmt den Körper von innen so wirksam, dass alle Vorhaben vergessen bleiben. Wir waren auch keine Ausnahme. In den ersten Jahren in Deutschland endeten unsere Weihnachtsspaziergänge beim ersten Glühweinstand auf dem Weg und nur in den letzten Jahren entdeckten wir für uns auch die anderen Ingredienzien des Weihnachtens.

Das ist zum Beispiel der Adventskalender. Ich kann mich als Kind daran erinnern, wie schwer es für mich war, auf Silvester zu warten. Laut des Kalenders kam der Winter im Dezember, aber bis zum neuen Jahr musste ich den ganzen Monat lang warten, was unerträglich war. Weil ein Monat aus 31 Tagen besteht und jeder Tag aus 24 Stunden. Heute würde ich das als eine Kindesmisshandlung bezeichnen, wenn es keinen Adventskalender gäbe.

Mit dem Adventskalender übersteht man die Wartezeit locker. Und täglich grüßt eine Überraschung dabei. Das finde ich toll. Und außerdem denke ich, dass meine Frau auch einen Adventskalender verdiente. Aber Erwachsene haben meistens kein großes Interesse mehr an den Süßigkeiten und deswegen bastle ich selbst für meine Frau einen Adventskalender. Er ist ganz gewöhnlich und hat die üblichen 24 Schachteln, aber in jede Schachtel lege ich ein Stückchen meiner großen Liebe und eine Überraschung. Die Adventszeit kann beginnen.

Schnee

Ich mag den Schnee. In gewissem Rahmen natürlich. Ich meine, bis zur Schule wuchs ich am Schwarzen Meer auf und kann locker den Winter ohne Schnee verkraften bzw. überstehen. Alpin Skifahren mag ich nicht, weil ich das nicht kann. Und Langlaufski mag ich auch nicht, obwohl ich das kann. Schuld daran ist das Sportfach, das ich in der Schule in Leningrad hatte.

In Leningrad gab es im Winter genug Schnee und deswegen hatten wir Langlaufski im Sportunterricht. Für mich, der seine Kindheit in Südrussland verbrachte, war das eine Quälerei. Erstens, ich musste die schweren Holzski in die Schule mitschleppen. Zweitens, richtig gelehrt wurden wir nicht, aber wir mussten die Sportnormen bestehen, und ich schaffte gerade noch befriedigend, die mein Lehrer mir aus Mitleid vergab. Deswegen mag ich das Skifahren nicht. Und den Winter mag ich auch nicht besonders. Schließlich ist es im Winter kalt, was mir keine Freude macht. Der Schnee ist aber eine andere Sache, besonders wenn es draußen nicht zu kalt ist.

Ja. Der Schnee ist etwas besonders und nicht nur gefrorenes Wasser. Bei viel Schnee kann man den Winter genießen. Man kann rodeln, Schneeballschlacht spielen, Schneemänner oder Schneefrauen bauen oder einfach Spuren lesen. Als ich noch Kind war, mochte ich es, nach dem frischen Schneefall draußen zu spazieren und mich als Scout in der kanadischen Wildnis vorzustellen. Da waren die Katzenspuren zu sehen, dort die Hundespuren und vor dem Haus die Spuren des betrunkenen Nachbarn im Vierfüßlerstand. Das war echte Romantik.

Kurz gesagt, ich mochte den Schnee. Besonders, wenn der Schnee frisch war. Nicht zum Essen natürlich, sondern um ein bisschen Spaß zu haben. Aber die Liebe zum Schnee war vorbei, sowie die ganze Schneeromantik auch, nachdem wir unseren Aufenthaltsort nach Deutschland und konkret nach Nürnberg verlegt hatten. Und schuld daran war die Winterdienstpflicht für Einwohner. Weil bis 7:00 Uhr früh an den Werkstagen (meiner Meinung nach ist das schon ganz verrückt) und bis 9:00 am den Sonntagen die Gehwege vom Schnee komplett geräumt werden müssen. Also, aufstehen, schippen und schaufeln. Aufstehen kann ich noch, schippen und schaufeln geht auch (Morgengymnastik – alles ist die mentale Einstellungssache), aber die Liebe ist eindeutig vorbei. Und wenn es schneit, freue ich mich nicht mehr. Früher sagte ich: „Oh, wie schön. Es schneit, es schneit!" Jetzt gucke ich sauer aus dem Fenster und brumme unter die Nase: „Es liegt schon wieder der Mist auf der Strasse." Obwohl eigentlich der Schnee weiß ist und nicht stinkt.

Diese komischen Schilder

Also, andere Länder – andere Sitten. Das war mir klar. Das kapierte ich sofort nach der Anreise. Und was ich nicht kapierte, musste der Sprachintegrationskurs mir beibringen. Und das brachte er mir auch bei. Das Erste war, dass alles in Deutschland grundsätzlich verboten ist, was nicht ausdrücklich erlaubt ist. Die Ernsthaftigkeit dieser Aussage weisen überall stehende Schilder nach, die den Zweifel an den Verboten zunichtemachen sollen. Zum Beispiel: „Lärm im Haus nach 22 Uhr ist verboten" oder „Der Spielplatz ist nur für Kinder bis 12 Jahre erlaubt". Die Deutschen sind sehr diszipliniert (ich nehme meinen Hut ab) und folgen den Schildern unaufgefordert. Aus diesem Grund herrscht ab 22 Uhr absolute Ruhe in den Häusern und deswegen sinkt wahrscheinlich die Geburtenrate. Und die Kinder hocken nicht an den

Spielplätzen draußen, sondern bleiben drinnen und spielen Amoklauf an den Computersimulatoren.

Ich bin auch mit der Zeit ein disziplinierter Bürger geworden. Ich sortiere den Müll, gehe nie bei Rot über die Strasse, auch in der Nacht nicht und auch nicht, wenn kein Auto für mehrere Kilometer zu sehen, zu spüren oder zu riechen ist. Und ich respektiere alle diese Schilder überall und jederzeit. Aber manchmal finde sogar ich sie ein bisschen übertrieben und fühle mich irgendwie verwirrt. Und ich muss nicht weit laufen um verwirrt zu werden.

In unserem kleinen Dorf, das auch ein Stadtteil von Nürnberg ist, am Ende der Hauptstraße an einer Straßenlaterne hängt ein Pfeilschild mit der Aufschrift „Friedhof". So weit, so gut. Aber unter diesem Schild hängt ein anderes Pfeilschild, was auch kein Problem ist. Nur die Aufschrift dieses Schildes lautet „Einbahnstraße".

Mir, dem Fremden, der mit der deutschen Denkweise nicht ganz vertraut ist, ist es vollkommen klar, wenn jemand ernst gestorben ist, dann gibt es nach dem Sterben kein Zurück mehr.

Aber muss man das extra ausschildern? Kommen die Leute sonst damit nicht zurecht? Oder sind schon welche Bürger doch nach dem Tod vom Friedhof entkommen? Also, die Schilder sind in Deutschland manchmal sehr komisch, und ich bin sehr verwirrt.

Das Leben ist teuer, das Sterben aber auch

Das Leben in Deutschland ist schön - aber teuer. Schönes Leben ist noch teuerer. Aber das Sterben ist auch kein Schnäppchen. Erstens, man bezahlt dafür mit dem Leben. Zweitens, die Beerdigung kostet ein Vermögen. Dem Verstorbenen ist es im Prinzip egal. Er ist bereits tot, aber die Hinterbliebenen werden stark zur Kasse gebeten und weinen an den Särgen deswegen. Also, muss man rechtzeitig nicht nur über die Altersvorsorge denken, sondern auch über die eigene Entsorgung. Anders gesagt, man sollte zum glücklichen Moment der Befreiung vom Leben schon vorbereitet sein, damit es nicht ungelegend kommt. Und wie bereitet man sich darauf vor? Ganz einfach. Man holt die

Angebote und vergleicht die Preise. So habe ich es auch gemacht.

Ehrlich gesagt, ich hatte es nicht eilig in die Kiste zu kommen, sondern wollte mich bloß ein bisschen informieren, was so ein Service kostet. Ob ich mir überhaupt leisten kann in Deutschland zu sterben. Vielleicht muss ich erst noch im Leben einsparen um sterben zu dürfen. Die Entscheidung für etwas Konkretes habe ich bis heute nicht getroffen, da es viele Bestattungsinstitute gibt. Sie haben verschiedene Leistungen und ich weiß nicht, was ich nehmen soll. Ich dachte, das Internet hilft mir, aber mein Hirn wurde von Informationen überflutet.

Zum Beispiel: Es gibt ganz normale Erdbestattung oder eine Feuerbestattung zu einem vernünftigen Preis, aber die Friedhofkosten sind im Preis nicht enthalten. Das, würde ich sagen, ist ein Minuspunkt. Anderseits wäre für mich als Ozeanograph eine Seebestattung interessant, und ich könnte dabei die Friedhofkosten sparen. Leider geht das zum Discountpreis nur auf Nordsee und Ostsee. Aber dort ist meiner Meinung nach die Wassertemperatur zu kalt, und die Seebestattung im Pazifik ist nur gegen Aufpreis möglich. Außerdem ist es schade, dass es keine Familienrabatte oder Frühbucherrabatte gibt. Man hätte bestimmt damit noch ein bisschen sparen können. Oder ein Schnuppertag wäre noch besser. Er hätte viele Fragen beantwortet. Sonst ist für mich zu schwierig, die Entscheidung zu treffen. Man muss alles erst in Ruhe überlegen. Und ich hoffe, ich habe noch im Leben Zeit dafür.

Geographie

Nachdem wir uns vom Umzugsstress ein bisschen erholt hatten, schauten wir uns in Nürnberg um und stellten fest, dass sie auch ein schönes Städtchen ist und man hier auch leben kann. Der Freistaat war besser als sein Ruf. Uns hat es hier wirklich gefallen, wir atmeten erleichtert auf und so spürten auch unsere Kinder die Entspannung im Familienklima und überrollten uns mit „Wer? Was? Wo? Warum?" Fragen. Sonntags früh waren wir schutzlos und sie griffen zu. Besonders aktiv bei den gemeinsamen Frühstücken war Valeria. Na, zum Beispiel.

„Papa", sagt sie erst leise, „wie heißt das kleinste Land der Welt?"

Ich bin noch nicht ganz wach und will bloß in Ruhe frühstücken, aber anderseits möchte ich die Wissbegier meiner Tochter belohnen und antworte: „Das kleinste Land der Welt heißt Vatikan".

Das ist ein Fehler und jetzt geht es richtig los. Valeria schießt die Fragen, wie aus dem Maschinengewehr.

„Wo liegt dieses Land? Wer wohnt dort? Sind die Vatikanen groß? Ist die vatikanische Sprache schwer?"

„Dieses Land befindet sich in Italien. Dort wohnt der Papst", antworte ich auf die ersten Fragen, mache den Mund auf um die anderen Fragen zu beantworten, aber Valeria gibt mir keine Chance. Das Fragenmaschinengewehr schießt weiter.

„Wer ist San Marino? Gibt es auch einen San-Marino-Zug?"

„Erstens, nicht wer, sondern was?", antworte ich, „San Marino ist ein anderes kleines Land und es befindet sich auch in Italien. Und übrigens die Olympischen Winterspiele 2006 waren auch in Italien."

Valeria denkt kurz nach und dann sagt sie empört: „Das ist unfair."

„Was ist unfair?", verstehe ich nicht.

„Das ist unfair, dass alles in Italien ist. Der Zwergstaat Vatikan ist in Italien, der Papst ist in Italien, der andere Zwergstaat San Marino ist auch in Italien und die Olympischen Winterspiele waren auch in Italien."

Ich weiß nicht, was ich sagen soll, aber mein Sohn, der bereits satt ist, gibt mir Hilfe.

Max leckt zufrieden die Lippen ab und sagt: „Dafür gewann unsere Mannschaft bei den Olympischen Spielen mehr Medaillen als die Italiener."

Diese Worte beruhigen Valeria und sie fängt endlich an zu frühstücken (das Frühstück ist aber schon lange kalt).

Mama Rennfahrerin

Die Kinder wachsen, werden größer und schon reicht der Kinderwagen für sie nicht mehr. Sie haben meist weit liegende Ziele und sollen oft mit dem Auto gefahren werden. Dafür braucht die Mama den Führerschein. Aber das ist nicht so einfach, einen Führerschein in Deutschland zu kriegen. Es kostet Zeit, Nerven und vor allem Geld. Aber was macht man nicht alles für seine Kinder! Meine Frau und gleichzeitig die Mama von zwei Kindern schaffte das auch. Es dauerte eine Weile, aber eines Tages bekam unsere Mama endlich den Führerschein. Zum Beweis, dass sie wirklich fahren kann und als kleine Feier fuhr sie uns in den Zoo.

Sie fuhr uns sicher und wir kamen ohne Probleme hin. Und es war auch schön im Zoo. Das Wetter war gut und die Kinder waren erstaunlich brav und zufrieden. Anders gesagt, das Feiern war perfekt. Aber die Rückfahrt… Bei der Rückfahrt standen wir an der Kreuzung und plötzlich ging die Ampel kaputt. Die Mama war am Steuer und musste die Vorfahrt gewähren.

Und das tut sie auch. Sie wartet ruhig, bis die vorbeifahrenden Autos weg sind. Aber es gibt zu viele. Und unsere Mama wartet und lässt diese Autos vorbei. Hinter uns ist bereits eine lange Schlange aus Autos, die auch über die Kreuzung fahren wollen. Aber unsere Mama wartet ruhig und lässt die Autos vorbei. Die ungeduldigen Autos hinter uns fangen an zu hupen. Aber unsere Mama wartet ganz gelassen und lässt die Autos vorbei. Wir sind alle gespannt, aber wir schweigen und wollen unsere Mama nicht nervös machen. Und sie wartet ruhig und lässt die Autos vorbei. Aber die ungeduldigen Autos hinter uns hupen immer lauter und lauter. Aber unsere Mama reagiert nicht, sie bleibt cool und lässt die Autos vorbei. Endlich sind die Autos fort. Unser Weg ist frei und die Mama gibt Gas. Die Reifen quietschen, die Beschleunigung drückt uns alle in die Sitze, der Motor explodiert fast unter der Motorhaube, und das Auto fliegt wie ein Pfeil nach Hause. Ich bin blass, aber die Kinder…

„Mama, Du bist eine Rennfahrerin!", schreien sie begeistert.

Mama weiß alles

So ist sie - meine Frau. Und ich bin mir sicher, dass, wenn sie wollte, könnte sie auch einen Panzer fahren. Manchmal denke ich mir, sie ist eine Geheimagentin. Aber das ist ein Geheimnis. Vielleicht täusche ich mich, aber sie kann auf jeden Fall mindestens vier Sprachen: Russisch, Deutsch, Französisch und Englisch. Und sie kann sogar Gedanken lesen und durch die Wände schauen. Das sah ich selbst, als sie eines Tages zu unserem Sohn sprach:

„Woher hast Du dieses kleine Auto?"

„Das hat mit Felix geschenkt", antwortet er leise.

„Lüg mich nicht an!", sagt die Mama hart, „Ich weiß alles. Du hast es von Felix erbettelt. Das ist sehr schlecht. Deswegen bringst du morgen früh das Auto zurück. Ist das klar?"

„Ja, Mama", antwortet Max traurig, seufzt tief und geht ins Kinderzimmer.

Im Kinderzimmer ist Valeria. Sie grinst und streckt die Zunge aus.

„Valeria!", ruft die Mama aus der Küche, „hör auf, Max zu verspotten."

Max starrt überraschend Valeria an und fragt sie: „Woher weiß und sieht Mama alles?"

Valeria schweigt.

„Valeria!", Max hat keine Ruhe. „Warum weiß und sieht Mama alles?"

„Woher? Warum?", brummt Valeria. „Weil sie unsere Mama ist."

Haussuche

Die Kinder sind wieder ein Stück größer geworden. Sie wachsen täglich. Tagsüber. In der Nacht. Überall und ununterbrochen. Einerseits das ist gut. Wir haben endlich von Pampers-Windeln den Abschied genommen. Anderseits unsere Dachgeschoßwohnung ist jetzt für uns zu klein geworden. Wir brauchen etwas Größeres. Wir möchten einfach raus. Raus aus dem Altbau auf der Hauptstraße, wo es im Sommer Sauheiß und im Winter Ferkelkalt ist. Wir möchten weg von den Tauben, die unter unserem Dach wohnen und guru machen. Und wenn sie das nicht machen, dann scheißen sie uns zu. Voll. Einfach runter auf die Fensterbänke. Ich kann das bekannteste Lied sehr gut nachvollziehen. Aber für uns ist es nicht lustig. Es gibt nur einen einzigen Pluspunkt in unserer Situation. Das ist die Miete. Die Wohnung ist ziemlich günstig. Und sogar für den Taubenkot müssen wir nicht extra zahlen. Aber wir möchten trotzdem aus dieser schönen Wohnung mit dem Waldblick einfach raus. So schnell wie möglich.

Es ist bereits genug Zeit vergangen, aber wir sind immer noch in unserer alten Wohnung drin. Obwohl wir jetzt die Entscheidung treffen sollen, weil Valeria in die 4. Klasse geht. Dann muss sie auf jeden Fall die Schule wechseln. Schön wäre, wenn wir bereits anders gewohnt hätten und sie auf die nächste Schule gehen könnte. Diese Konjunktivsätze machen mich verrück, und der Umzug auch. Er ist noch nicht in Sicht. Obwohl ich täglich die Wohnungssuchanzeige im Internet durchkämme.

Ich kämme die Wohnungssuchanzeige täglich durch und nehme die Herztropfen. Mir tut mein Herz so weh, wenn ich die Mietpreise anschaue.

Dazu kommen auch meistens die Maklergebühren plus Kaution plus noch etwas. Nach meiner Schätzung wäre der Umzug zum Friedhof günstiger. Und die Nahbaren ruhiger. Außerdem, wir wissen selbst nicht, was wir haben wollen. Darum müssen wir erst alle Wünsche zusammenfassen. Ich selbst habe weder Lust noch Geduld. Diese Aufgabe bekommt Valeria. Sie meint, ein Abend ist ausreichend. Ich bin gespannt.

Valeria hatte Recht. Sie hat bloß einen Abend gebraucht und alles bestens gemacht. Es war nur ein Punkt offen. „Papa", – fragte sie mich, „willst du dein eigenes Zimmer haben oder bleibst bei Mama schlafen?"

Ich bleibe bei Mama. Aber dafür kriege ich meinen eigenen Hobbyraum zum Basteln. Clever. Nicht wahr?

Trödelmarkt

Wir ziehen um. Und wieder in den Altbau. Dieses Mal aber ins Haus abseits der Hauptstraße mit einem großen Grundstück. Das ist wahrscheinlich unser Schicksal, dem wir freiwillig folgen. Vor allem die Lage hat uns hereingezogen. Das Haus steht bloß 2 Kilometer von unserer Wohnung entfernt. Gut, dass wir in unserer Gegend bleiben. Prima. Phantastisch. Leider ist die erste Euphorie bereits vorbei. Wir haben jetzt alle Hände voll zu tun, weil ein Umzug immer der Umzug ist. Egal, ob für 500 Meter oder 2 Kilometer.

Wir sind endlich umgezogen. Ich mache das nie wieder. Auf jedem Fall nie wieder freiwillig. Entweder über meine Leiche, dann aber nur zum Friedhof, oder mit Hilfe einer Umzugsfirma. Trotz dieses Getümmels bin ich sehr zufrieden. Ich bin noch nie so oft zum Schrottplatz gefahren und habe noch nie so viel Müll auf einmal weggeschmissen. Und ich hätte noch mehr wegschmeißen können. Dafür ist es jetzt aber zu spät. Das Dachzimmer ist bereits zur Abstellkammer geworden. Der Keller auch. Und die anderen Zimmer sowieso. Man muss etwas tun. Aber was?

Das magische Wort heißt „Trödelmarkt". Meine Frau meint, das ist die richtige Lösung für uns. Ich zweifle daran. Sie hat aber mir für die Zweifel keine Zeit gelassen und hat die ganze Organisation,

Animation, Moderation und Logistik übernommen. Ich muss bloß die Sachen ins Auto schleppen, dann zum Trödelmarkt um 05:00 Uhr früh fahren und dort alles auspacken. Mit dem Verkaufen kommt sie irgendwie allein klar. Ich soll nur am Anfang dabei sein. Nicht mehr als für ein paar Stunden.

Trödelmarkt. Irgendwo am Nordostbahnhof in Nürnberg. Die Wanderarmbanduhr zeigt 6:00 Uhr. Das Geschäft läuft. Es liegt bereits 1 Euro in der Kassedose. Nicht schlecht für den Anfang. Das wird unser Talisman, unser Glückseuro und er darf nicht mehr angefasst werden. Und er darf auch nicht gewechselt oder umgetauscht werden. Auf keinen Fall, sonst gibt es heute kein Glück für uns im Business am Trödelmarkt. Die Russen sind abergläubig.

Noch 30 Minuten sind vergangen. Es läuft aber nichts mehr. Und ich kann mich auch nicht auf das Geschäft konzentrieren. Ich habe ein anderes Geschäft im Kopf. Ich muss dringend auf die Toilette, die hier bestimmt nicht umsonst ist. Aber ich werde unsere Kasse, ich werde unseren

Talisman nicht anfassen. Auf keinen Fall. Die Russen geben nicht auf. Niemals.

Meine Frau merkt meine ungewöhnliche Aktivität und fragt, ob es mir gut geht. Ich lächle und knirsche mit den Zähnen. Natürlich geht es mir NICHT gut. Meine Harnblase ist so voll und zieht so stark nach unten, dass ich gleich das Gleichgewicht verliere. Oder die Blase platzt. Beides ist unangenehm. Plötzlich flüstert mein Schutzengel mir ins Ohr, als ob er (ich meine natürlich sie – meine Frau) meine Gedanken lesen könnte: „Das kostenlose Dixi Klo ist um die Ecke." Ich springe hoch und renne ums Leben zum Häuschen. Gott sei Dank! Die Ehre und die Hose sind gerettet. Ich konnte mir einfach nicht erlauben unser Business-Talisman zu verpinkeln.

Und im Endeffekt waren die grenzlose Mäßigkeit und Selbstaufopferung nicht um sonst. Der Business-Talisman muss richtig gewirkt haben und wir sind mit einer großen positiven Bilanz heimgefahren. Es lebe das Dixi Klo.

Gartenromantik

Nach unserem Umzug ins Haus habe ich endlich ein Hobby. Es heißt die Altbaurenovierung. Ich gebe ihm fast meine ganze Freizeit. Nach der Arbeit, vor der Arbeit ab und zu auch. Und, wenn es ginge, dazwischen auch. Das ist ein tolles Hobby. Es ist nie langweilig und das Ende ist auch nicht in Sicht. Außerdem ich sehe wie ein echter Man aus. Ich habe einen dreitägigen Bart. Meine Schulter und Hände sind mit dem Staub bedeckt. In den Haaren steckt der Putz. Ich schwitze ununterbrochen und stinke, wie ein echter Kerl. Es fehlen nur die Frauen, die darauf scharf sein sollten, wie in der Werbung. Aber sonst das ist ohne Zweifel ein geiles Hobby. Und das ist noch nicht alles.

Abends, wenn sich der Tag dem Ende neigt, lasse ich mein Hobby liegen und gehe aus dem Haus in unseren großen Garten. Ich nehme mir ein Radler und setze mich leise auf unsere alten Bank zwischen den Apfelbäumen. Es ist schon dunkel und unheimlich leise, die Blumen riechen wundervoll und die ersten Sterne strahlen bereits am Nachthimmel. Ich nehme einen Schluck und genieße diesen Augenblick der Ruhe. Ich bin ganz allein im Garten. Ohne Bohrmaschine. Ohne Kreissäge. Ganz allein. Es ist wunderschön. Ich träume. Ich bin ein Romantiker. Und in diesen Moment höre ich einen lauten Rülpser des Nachbarn. Er ist auch ein Romantiker. Er genießt auch diese Stille.

Alles super

Ich werde mich nicht irren, wenn ich sage, dass Deutschland die Wiege der Automobilindustrie ist. Die Wiege von VW und Mercedes, von Audi und BMW und natürlich von Porsche. Die deutschen Marken sind beliebt, geschätzt und das deutsche Auto ist auch ein Synonymwort für gute Qualität und Zuverlässigkeit. Auch die gebrauchten deutschen Autos sind weltweit bekannt und gefragt. Ebenfalls in Russland, weil die Russen selbst die leidenschaftlichen Fahrer sind und zum Kauf eines günstigen gebrauchten deutschen Wagens, der leider nach den deutschen Anforderungen wegen dem bisschen Rost verschrottet werden soll, mehrere Kilometer fahren können. „Geiz macht geil und verleiht die Flügel", sozusagen.

So ist zu unserem Bekannten der Schwiegervater mit seinem Kumpel aus St. Petersburg gekommen. Sie interessierten sich seit lange für deutsche Autos und hatten nur ein Ziel im Visier. Genauer gesagt sie hatten zwei Ziele, und nämlich: zwei Diesel Sharans in dunkler Farbe mit möglichst wenig Kilometer und in gutem Zustand. Der Schwiegersohn war nicht besonders begeistert davon, weil er die Dolmetscher-, Begleiter- und Vermittler-Rolle übernehmen sollte. Aber das Internet macht alles möglich und die Traumwagen wurden blitzschnell gefunden. Nach dem Kauf packte unser Bekannter rasch dem Schwiegervater seinen Koffer und zeigte ihm die Schilder zur Autobahn, den er mit dem Kumpel folgen sollte, um zur Fähre nach Finnland zu kommen. Beide umarmten sich kurz, aber fest, und die Gäste fuhren los. Dann ging der Schwiegersohn ins Haus und wollte sich mit der Flasche Bier vom Verwandtenbesuch ein bisschen entspannen. Er machte einen Schluck und in diesem Moment klingelte sein Handy. Mit wachsendem Unbehagen nahm er den Hörer ab, und sein Gefühl täuschte ihn nicht. Das war sein Schwiegervater, der immer noch in der Nähe vom Schwiegersohn an einer Tankstelle war und ihn dringend zu kommen bat.

Als der Schwiegersohn an der Tankstelle angekommen war, dachte er, er ist betrunken oder seine Augen machen ihm Probleme, weil er alles doppelt sah. Zwei ähnlich aussehende Russen, sein Schwiegervater und sein Kumpel, zwei ähnliche Diesel Sharans, beide in roter Farbe und beide voll mit Super-Benzin statt Diesel getankt. Der Schwiegersohn war schockiert, sprachlos und rief bei ADAC an um Rat und Hilfe zu holen. Die junge Dame an der Hotline nahm erst alles aufmerksam auf und dann fragte mehrmals nach, ob das ein Scherz sein sollte. Unser Bekannter ist rot im Gesicht geworden und versicherte sie fünf Minuten lang, dass das kein Witz ist. Erst dann schickte die Dame den ADAC Engel vorbei. Als er an der Tankstelle angekommen war, dachte er, er muss einen Sehtest machen, weil er alles doppelt sah. Der Pannenhelfer war seit über fünfzehn

Jahren beim ADAC, aber er sah zum ersten Mal zwei ähnlich aussehende Russen, zwei ähnliche Diesel Sharans, beide in roter Farbe und beide voll mit Super-Benzin statt Diesel getankt. Im Endeffekt musste der Kraftstoff bei beiden Sharans abgepumpt, die Tanks gespült und gesäubert werden und der reiche westliche Schwiegersohn durfte die Rechung bezahlen. Unser Bekannter war stink sauer auf seinen Schwiegervater und wollte nur eins wissen: wie konnte das passieren?

„Du kennst Dich mit den Autos aus!", rief er. „Ich verstehe, dass dein Kumpel zum ersten Mal in Deutschland ist. Aber du. Du warst schon oft genug in Deutschland. Und du hast schon oft genug in Deutschland getankt. Dann, wie konnte das passieren? Wie kann man an einer Tankstelle zwei gleiche Autos innerhalb von fünf Minuten voll mit Super-Benzin statt Diesel tanken?" Der Schwiegervater schwieg für eine Weile sagte dann: "In Deutschland ist alles super. Und so dachte ich mir, dass die Deutschen jetzt auch einen super guten Diesel erfunden haben."

Übrigens, seitdem sind schon bestimmt ein paar Jährchen vergangen, aber diese Sharans leben immer noch und kreuzen die Strassen in Russland problemlos weiter. Ist das nicht super?

Ich habe aufgehört zu rauchen

Bayern hat sich für ein striktes Rauchverbot ausgesprochen. Ich war auch dafür. Ist das schlimm? Werden mich dafür meine Raucher-Bekannten hassen? Bin ich deswegen kein anständiger Bürger, weil ich keine Tabaksteuer zahle, weil ich vor 3 Jahren aufgehört habe zu rauchen?

Ja. Ich habe aufgehört zu rauchen. Ich habe EINFACH aufgehört zu rauchen. Auf einmal. Und es war gar nicht so schwer. Obwohl ich seit 17 Jahren geraucht habe. Ich habe gehustet und trotzdem habe ich geraucht. Ich habe gewusst, dass das Rauchen gesundheitsschädlich ist, und trotzdem habe ich geraucht. 17 Jahre lang. Also 17 Jahre hintereinander. Und dann habe ich aufgehört.

Ich nahm mir an einem Abend, wie immer, eine Zigarette und plötzlich stellte ich fest, dass sie bloß ein bisschen Gras im Papier ist. Und sonst nichts. Einfach ein bisschen Gras im Papier. Und das ist alles: anzünden und inhalieren von diesem Giftzeug ist lächerlich, blöd und kindisch. Und dann sagte ich mir: „Vladi, das ist deine letzte Zigarette." Danach rauchte ich meine letzte Zigarette. Schweigend, langsam, mit dem großen Hass zu diesem Giftzeug, das mit jedem Zug in meine Lungen reingeht. Und dann drückte ich die Zigarettenkippe in den Aschenbecher aus, duschte mich, putzte die Zähne und ging einfach schlafen. Und am nächsten Morgen bin ich als Nichtraucher aufgewacht. Also, gestern war ich noch ein Raucher und heute bin ich bereits ein Nichtraucher. Das war gar nicht so schwer. Mir ist nichts passiert. Ich bin davon nicht gestorben, dass ich ein Nichtraucher geworden bin. Ich habe das geschafft. Ich habe geschafft mit dem Rauchen aufzuhören. Aber mein Nachbar nicht.

Man sagt, es war ein Schlaganfall. Und bis der Notarzt gekommen war… Anders gesagt, die Rettung war zu spät. Und er war nicht mal Mitte 30. Ich fragte ihn mal: „Warum rauchst Du eigentlich, Michael?" Er guckte mich komisch an und antwortete: "Der Kaffee und die Zigarette gehören zusammen. Das ist ein Genuss." Er wollte noch etwas sagen, aber der starke Husten hat ihn fast zu Boden gepresst und er musste in seine Wohnung wegkriechen. Und ich bin weiter zur Arbeit gegangen.

Und als ich zum Firmengebäude kam, merkte ich, dass ich keine Zigaretten dabei hatte. Da ist mir fast schlecht geworden. KEINE Zigaretten dabei. Schrecklich. Schlimm. Aber dann erinnerte ich mich daran, dass ich ein Nichtraucher geworden bin und keine Zigaretten mehr brauchte. Das hat mir die Flügel verliehen, so dass ich keinen Aufzug nehmen musste und ins Büro zu Fuß gegangen bin. Und an diesem Tag arbeitete ich so effektiv ohne Raucherpausen, so dass ich früher gehen konnte. Das war toll!

Später kam der Herbst und brachte die Beerdigung von meinem Nachbar mit sich. Und als der Sarg bereits unter der Erde war und manche am Seitenrand rauchten, habe ich die Herbstfrische gerochen und bin davon traurig geworden. Ich war traurig für meinen Nachbarn, der nie wieder aufstehen und nie wieder diese Herbstfrische ohne Tabakrauch riechen kann. Und dann habe ich mich auch an meine Kindheit erinnert

Es war vor langer, langer Zeit her. Es war bestimmt vor 30 Jahren. Ich war ein kleines Kind; es war auch Herbst und ich bin mit meinen Eltern und Bekannten in den Wald gefahren. Wir saßen am Lagerfeuer, wir grillten auch, jemand spielte Gitarre, ich hatte Hunger und der Duft vom Grill war herrlich, aber plötzlich zündete jemand eine Zigarette an. Und der Tabakrauch mischte sich mit dem Duft vom Grill und es stank, und ich stand auf und nahm mir einen neuen Platz. Und außerdem habe ich dann entschieden, dass ich nie ein Raucher werde. Leider habe ich mein Versprechen nicht gehalten. Aber jetzt. Jetzt rauche ich nicht mehr. Ich rauche nicht mehr, weil ich zu rauchen aufgehört habe.

Und irgendwann später hatten wir - also meine Frau und ich - eine wunderbare Nacht. Die ganze Welt existierte für uns nicht mehr. Wir waren sehr nah miteinander. Haut an Haut. Wir waren zu einem Körper verschmolzen. Und danach ist sie an meiner

Schulter eingeschlafen. Ich lag im Bett neben ihr und mir ging es blendend. Mir ging es glänzend, weil ich dieses Moment genießen konnte, ohne aufzustehen um eine Zigarette zu rauchen. Ich habe keine Zigarette gebraucht, weil ich mit dem Rauchen aufgehört habe. Und ich fühlte mich einfach fantastisch. Und als sie tief einschlief, bin ich leise aufgestanden und ins Kinderzimmer gegangen. Ich küsste unsere Kinder, die auch tief geschlafen haben, dann richtete ich die verrutschten Bettdecken neu und ging in die Küche. Draußen war ein Unwetter, aber ich habe mich gefreut. Ich musste nicht auf den Balkon gehen um bei diesem schrecklichen fürchterlichen Wetter eine Zigarette rauchen zu müssen. Ich habe keine Zigarette gebraucht, weil ich mit dem Rauchen aufgehört habe. Ja. Ich habe aufgehört zu rauchen und bin stolz darauf. Ich habe das geschafft. Aber mein Nachbar nicht...

Geschäftsgeheimnisse

Meiner Meinung nach ist Deutschland nicht so demokratisch, wie es in den Medien dargestellt wird. An der Spitze des Landes wird Demokratie gespielt, und dann endet die Demokratie an der Bürotürschwelle. Was ich damit sagen will, erkläre ich gleich.

Also, jeder Bürger oder jede Bürgerin kann über den Kanzler oder über die Kanzlerin sagen, alles was sie denken. Das ist ja doch die ganz normale gesunde Kritik des Staatsapparats in einem normalen demokratischen Land. Aber keiner darf zu seinem Chef sagen, dass er ein Idiot ist. Erstens, duzen ist einfach unhöflich. Zweitens, dadurch würde ein wichtiges Geschäftsgeheimnis an die Öffentlichkeit geraten, was strafbar ist (z.B. durch fristlose Kündigung). Und drittens, was würden Sie tun, wenn Sie sich irrten, und der Chef gar kein Idiot, sondern ein Arschloch ist. Im ärgsten Fall könnte Ihnen sogar passieren, dass Sie eine Chefin haben. Und mit dieser Bezeichnung würden Sie dann vermutlich das Gleichberechtigungsgesetz verletzen, was Sie theoretisch sogar ins Gefängnis führen könnte.

Also, ich bevorzuge das Schweigen. So kann ich keine Geschäftsgeheimnisse ausplaudern.

Sparmaßnahmen

Deutschland ist über seine Sparsucht weltweit bekannt. Ich meine das im guten Sinne dieses Wortes, weil das Sparen eigentlich Spaß macht und Glück bringt. Ja. Das stimmt. Das Sprichwort „Schwein gehabt!" hieß ursprünglich „Sparschwein gehabt!". Es wurde bloß während der Sparmaßnahmen um einige Buchstaben gekürzt. Und ich denke, dass diese allgemeine 24-Stunden-Sparbereitschaft einen historischen Hintergrund hat. Das Land schenkte der Welt viele berühmten Mathematiker und deswegen kennt es sich mit Zahlen und mit dem Geldzählen bestens aus. Zum Beispiel: wenn man pro Tag 1 Euro spart, kommt am Ende des Jahres eine schöne Summe raus, die nach ein paar Jahren noch schöner wird. Tja, aus diesem Grund versucht man überall zu sparen.

Neulich hatte ich einen Anruf von meinem Handy-Anbieter. Die Hotline oder der Vertrieb wollten mir einen neuen Vertrag anbieten. Ich müsste bloß 25 Euro mehr gegenüber meinem alten Vertrag zahlen, aber ich würde dabei 50 Euro sparen. Es klang einfach super toll und fantastisch. Und wenn mein Kopf nicht mit den Sparmaßnahmen meiner Firma voll wäre, hätte ich bestimmt den neuen Vertrag abgeschlossen.

Aber ich war zu beschäftigt. Meine Firma musste auch sparen. Alle Kosten mussten sinken. Jeder Vorschlag zum Reduzieren der Kosten war willkommen. Und ich wollte auch unbedingt etwas vorschlagen. Aber ich konnte nicht. Ich hatte nichts in der Hand. Anscheinend sind die Russen nicht besonders zum Sparen begabt. Ich dachte nach und dachte nach, und es kam nicht raus. Und mein Kopf rauchte so stark, dass das sogar meine kleine Tochter bemerkte. Ich habe ihr erklärt, dass wir von unseren Managern die Aufgabe bekommen haben, die Kosten zu reduzieren.

„Was bedeutet ein Manager zu sein?", fragte sie.

Ich habe es ihr erklärt.

„Und wie viele Manager habt ihr?", fragte sie wieder.

Das habe ich auch gesagt.

„Ich denke, ihr habt einfach zu viele Manager", sagte sie ernst.

Mann oh Mann. Was ich übersehen hatte, hat das kleine Kind sofort als Sparpotenzial in einer großen Firma entdeckt. Vielleicht gilt das auch für das ganze Land?

Hightech in der Küche

Essen um zu leben? Oder leben um zu essen? Das ist die Frage. Auf jeden Fall essen ist gut, gut essen ist aber noch besser.

Betriebskantine. Mittagspause. Die Ingenieure genießen ihre Mahlzeit.

„Mist! Die Bratwürste sind heute wieder angebrannt!"

„Sag das dem Koch."

„Ich will das aber nicht mehr. Das bringt nichts. Ich habe eine andere Idee."

„Und welche? Mir doch Wurst? Oder eine Wurstschutzfolie?"

„Wer zuletzt lacht, lacht am besten. Dieses Mal wird meine Erfindung unschlagbar."

„Ich bin ganz Ohr."

„Man könnte mit Hilfe der Hightech, Nanotechnologien oder, weiß ich nicht wie sie alle heißen, einen Chip in Bratpfanne einbauen."

„Was für einen Chip?"

„Einen Chip mit allen diesen modernen Schnick-Schnack-Sensoren."

„Wozu das denn?"

„Die Köchin kann an der Touch-Screen das zu kochenden Gericht angeben und per WLAN die Kochparameter vom zentralen Server, der im Internet steht, holen. Wenn etwas im Prozess nicht stimmt, wird ein Alarmsignal ausgelöst. Und dann kriege ich endlich die essbaren Bratwürste."

Der älteste Kollege zuckt mit den Schultern:

„Diese modernen Dinge sind für mich zu klein. Ich werde bestimmt nichts auf dem Monitor ohne starke Brille erkennen können."

Der andere jüngere Kollege, der die ganze Zeit mit dem Handy spielt, hört kurz auf und fügt hinzu:

„Keine Sorge. Du kriegst von deinem Provider am Ende des Monats die Rechnung für diese schicke Wi-Fi Bratpfanne. Danach brauchst du die starke Brille nicht mehr, die großen Augen wirst du schon haben."

Keiner lacht. Jeder denkt über seine Rechnungen, die pünktlich kommen und nicht zum Lachen bringen.

Einbürgerung

Unsere Bekannten sind deutsche Bürger geworden und meinten, wir sollten das auch tun. Und vor dem Einbürgerungstest und besonders vor dem Sprachtest bräuchten wir keine Angst zu haben. Wir hatten auch keine Angst vor dem Sprachtest. Warum eigentlich? Es wird in Deutschland immer weniger deutsch gesprochen. Es gibt schon so viele Wörter im Alltag aus den anderen Sprachen, dass man kaum die deutschen Wörter dazwischen finden kann.

Man jobt like a dog. Danach ist das Weekend und Wellness. Und so ist every day pas à pas bis zu Pension.

Also vor dem Sprachtest hatten wir keine Angst. Aber wozu sollten wir deutsche Bürger werden? Was ist eigentlich Deutsch? Und was ist eigentlich Deutsch werden? Die Westdeutschen meinen, sie sind die echten Deutschen. Die Ostdeutschen meinen, sie sind die echten Deutschen. Und das gleiche meinen die Deutschen aus Kasachstan, die Norddeutschen, die Schwaben, die Deutschen aus Oberbayern und viele anderen Deutschen. Und wir können keine echten Deutschen werden. Wir kamen hierher vor mehr als 10 Jahren mit zwei Rucksäcken, zwei Taschen, einer Gitarre und jetzt...

Jetzt fühlen wir uns irgendwie komisch. Wir sind keine Deutschen und doch ein bisschen Deutsch. Alle beide unserer Kinder sind hier geboren. Und wenn wir zurück aus dem Auslandsurlaub kommen, denken wir: „Wir sind zu Hause." Wir danken diesem Land und möchten auch diesem Land etwas Gutes tun, so wie die Deutschen vor mehreren Jahren bei Peter dem Großen Russland viel Gutes getan hatten.

Und tatsächlich vier Wochen später nachdem der Einbürgerungsantrag gestellt wurde, bekamen wir unsere deutschen Pässe oder (wie die echten Deutschen sagen) Ausweise. Ich ging aus dem Einwohnermeldeamt raus, schaute erst links dann rechts, merkte aber keinen Unterschied auf der Straße nach unserer Einbürgerung und sagte leise: „Na, sdrawstwuj* Deutschland - unser neues Zuhause."

----

sdrawstwuj (russ.) - Guten Morgen! / Guten Tag! / Guten Abend!

Danksagung

Für die freiwillige Hilfe während der Korrektur meinen Kritzeleien möchte ich mich sehr herzlich bedanken bei:

meiner Frau Vlada Dozortseva, Kinder Valeria und Max, Familie Fink und Familie Fraas